名士和狐仙

汪曾祺小说精选

汪曾祺 著

浙江人民出版社

只 为 优 质 阅 读

目 录

1

3

4

仓老鼠和老鹰借粮

仓老鼠和老鹰借粮——守着的没有，飞着的倒有？

——《红楼梦》

天长啦，夜短啦，耗子大爷起晚啦!

耗子大爷干吗哪? 耗子大爷穿套裤哪。

来了一个喜鹊，来跟仓老鼠借粮。

喜鹊和在门口玩耍的小老鼠说："小胖墩，回去告诉老胖墩：'有粮借两担，转过年来就归还。'"

小老鼠回去跟仓老鼠说："有人借粮。"

"什么人？"

"花喜鹊，尾巴长，娶了媳妇忘了娘。"

"哦！喜鹊。他说什么？"

"小胖墩，回去告诉老胖墩：'有粮借两担，转过年来就归还。'"

"借给他两担！"

天长啦，夜短啦，耗子大爷起晚啦。

耗子大爷干吗哪？耗子大爷梳胡子哪。

来了个乌鸦，来跟仓老鼠借粮。

乌鸦和在门口玩耍的小老鼠说："小尖嘴，回去告诉老尖嘴：'有粮借两担，转过年来就归还。'"

小老鼠回去跟仓老鼠说："有人借粮。"

"什么人？"

"从南来个黑大汉，腰里别着两把扇。走一走，扇一扇，'阿弥陀佛好热的天！'"

"这是什么时候，扇扇？！"

"是乌鸦。"

"他说什么？"

"小尖嘴，回去告诉老尖嘴：'有粮借两担，转过年来就归还。’”

“借给他两担！”

天长啦，夜短啦，耗子大爷起晚啦！

耗子大爷干吗哪？耗子大爷咕嘟咕嘟抽水烟哪。

来了个老鹰，来跟仓老鼠借粮。

老鹰和在门口玩耍的小老鼠说：“小猫菜，回去告诉老猫菜：‘有粮借两担，转过年来不定归还不归还！’”

小老鼠回去跟仓老鼠说：“有人借粮。”

“什么人？”

“钩鼻下，黄眼珠，看人斜着眼，说话尖声尖气。”

“是老鹰！——他说什么？”

“他说：‘小猫菜，回去告诉老猫菜——’”

“什么‘小猫菜’‘老猫菜’？！”

“——‘有粮借两担’——”

“转过年来？”

“——‘不定归还不归还！’”

“不借给他！——转来！”

“……”

“就说我没在家！”

小老鼠出去对老鹰说：“我爸说他没在家！”

仓老鼠一想：这事完不了，老鹰还会来的。我得想个办法。有了！我跟它哭穷，我去跟它借粮去。

仓老鼠找到了老鹰，说："鹰大爷，鹰大爷！天长啦，夜短了，盆光啦，瓮浅啦。有粮借两担，转过年来两担还四担！"

老鹰一听，气不打一处来：这可真是——"仓老鼠跟老鹰借粮，守着的没有，飞着的倒有！"——"好，我借给你，你来！你来！"

仓老鼠往前走了两步。

老鹰一嘴就把仓老鼠叼住，一翅飞到树上，两口就把仓老鼠吞进了肚里。

老鹰问："你还跟我借粮不？"

仓老鼠在鹰肚子里连忙回答："不借了！不借了！不借了！"

螺蛳姑娘

有种田人，家境贫寒。上无父母，终鲜兄弟。薄田一丘，茅屋数椽。孤身一人，艰难度日。日出而作，春耕夏锄。日落回家，自任炊煮。身为男子，不善烧饭。冷灶湿柴，烟熏火燎。往往弄得满脸乌黑，如同灶王。有时怠惰，不愿举火，便以剩饭锅巴，用冷水泡泡，摘取野葱一把，辣椒五颗，稍蘸盐水，大口吞食。顷刻之间，便已果腹。虽然饭食粗粝，但是田野之中，不乏柔软和风，温暖阳光，风吹日晒，体魄健壮，精神充溢，如同牛犊马驹。竹床棉被，倒头便睡。无忧无虑，自得其乐。

忽一日，作田既毕，临溪洗脚，见溪底石上，有一螺蛳，螺体硕大，异于常螺，壳有五色，晶莹可爱，怦然心动，如有所遇。便即携归，养于水缸之中。临睡之前，敲石取火，燃点松明，时往照视。心中欢喜，如得宝贝。

次日天明，青年男子，仍往田间作务。日之夕矣，牛羊下来。余霞散绮，落日熔金。此种田人，心念螺蛳，急忙回家。到家之后，俯视水缸：螺蛳犹在，五色晶莹。方拟生火煮饭，揭开锅盖，则见饭菜都已端整。米饭半锅，青菜一碗。此种田人，腹中饥饿，不暇细问，取箸便吃。热饭热菜，甘美异常。食毕，心生疑念：此等饭菜，何人所做？或是邻居媪婶，怜我孤苦，代为炊煮，便往称谢。邻居皆曰："我们不曾为你煮饭，何用谢为！"此种田人，疑惑不解。

又次日，青年男子，仍往作田。归家之后，又见饭菜端整。油煎豆腐，细嫩焦黄；酱姜一碟，香辣开胃。

又又次日，此种田人，日暮归来，启锁开门，即闻香气。揭锅觑视：米饭之外，兼有腊肉一碗，烧酒一壶。此种田人，饮酒吃肉，陶然醉饱。

心念：果是何人，为我做饭？以何缘由，做此善举？

复后一日，此种田人，提早收工，村中炊烟未起，即已抵达家门。轻手蹑足，于门缝外，向内窥视。见一姑娘，从螺壳中，冉冉而出。肤色微黑，眉目如画。草屋之中，顿生光辉。行动婀娜，柔若无骨。取水濯手，便欲做饭。此种田人，破门而入，三步两步，抢过螺壳；扑向姑娘，长跪不起。螺蛳姑娘，挣逃不脱，含羞弄带，允与成婚。种田人惧姑娘复入螺壳，乃将螺壳藏过。严封密裹，不令人知。

一年之后，螺蛳姑娘产生一子，眉目酷肖母亲，聪慧异常。一家和美，幸福温馨，如同蜜罐。

唯此男人，初得温饱，不免骄惰。对待螺蛳姑娘，无复曩时敬重，稍生侮慢之心。有时入门放锄，大声喝唤："打水洗脚！"凡百家务，垂手不管。唯知戏弄孩儿，打火吸烟。衣来伸手，饭来张口，俨然是一大爷。螺蛳姑娘，性情温淑，并不介意。

一日，此种田人，忽然想起，昔年螺壳，今尚在否？探身取视，晶莹如昔。遂以逗弄婴儿，以箸击壳而歌：

"丁丁丁，你妈是个螺蛳精！

橐橐橐，这是你妈的螺蛳壳！"

彼时螺蛳姑娘，方在炝锅炒菜，闻此歌声，怫然不悦，抢步入房，夺过螺壳，纵身跳入。倏忽之间，已无踪影。此种田人，悔恨无极，抱儿出门，四面呼喊。山风忽忽，流水潺潺，茫茫大野，迄无应声。

此种田人，既失娇妻，无心作务，田园荒芜，日渐穷困。神情呆滞，面色苍黑。人失所爱，易于速老。

瑞　云

瑞云越长越好看了。初一、十五，她到灵隐寺烧香，总有一些人盯着她傻看。她长得很白，姑娘媳妇偷偷向她的跟妈打听："她搽的是什么粉？"——"她不搽粉，天生的白嫩。"平常日子，街坊邻居也不大容易见到她，只听见她在小楼上跟师傅学吹箫，拍曲子，念诗。

瑞云过了十四，进十五了，按照院里的规矩，该接客了。养母蔡妈妈上楼来找瑞云。

"姑娘，你大了。是花，都得开。该找一个人梳拢了。"

瑞云在行院中长大，哪有不明白的。她脸上微红了一阵，倒没有怎么太扭捏，爽爽快快地说："妈妈说的是。但求妈妈依我一件：钱，由妈妈定；人，要由我自己选。"

"你要选一个什么样的？"

"要一个有情的。"

"有钱的、有势的，好找。有情的，没有。"

"这是我一辈子头一回。哪怕只跟这个人过一夜，也就心满意足了。以后，就顾不了许多了。"

蔡妈妈看看这棵摇钱树，寻思了一会儿，说："好，钱由我定，人由你选，不过得有个期限：一年，一年之内，由你；过了一年，由我！今天是三月十四。"

于是瑞云开门见客。蔡妈妈定例，上楼小坐，十五两，见面赞礼不限。王孙公子、达官贵人、富商巨贾，纷纷登门求见。瑞云一一接待。赞礼厚的，陪着下一局棋，或当场画一个小条幅、一把扇面；赞礼薄的，敬一杯香茶而已。这些狎客对瑞云各有品评。有的说是清水芙蓉，有的说是未放梨蕊，有的说是一块羊脂玉，一传十，十传百，瑞云身价渐高，成了杭州红极一时的名妓。

余杭贺生，素负才名，家道中落，二十未娶，偶然到西湖闲步，见一画舫，飘然而来。中有美人，低头吹箫。岸上游人，纷纷指点："瑞云！瑞云！"贺生不觉注目，画舫已经远去，贺生还在痴立。回到寓所，茶饭无心，想了一夜，备了一份薄薄的贽礼，往瑞云院中求见。

原来以为瑞云阅人已多，一定不把他这寒酸当一回事，不想一见之后，瑞云款待得很殷勤，亲自涤器烹茶，问长问短。问余杭有什么山水，问他家里都有什么人，问他二十岁了为什么还不娶妻……语声柔细，眉目含情。有时默坐，若有所思。贺生觉得坐得太久了，应该知趣，起身将欲告辞。瑞云拉住他的手，说："我送你一首诗。"诗曰：

> 何事求浆者，蓝桥叩晓关。
>
> 有心寻玉杵，端只在人间。

贺生得诗狂喜，还想再说点什么，小丫头来报："客到！"

贺生只好仓促别去。

贺生回寓，把诗展读了无数遍，才夹到一本书里，过一会儿，又抽出来看看。瑞云分明属意于我，可是玉杵向哪里去寻？

过一两日，实在忍不住，备了一份贽礼，又去看瑞云。听见他的声音，瑞云揭开门帘，把他让进去，说："我以为你不来了。"

"想不来，还是来了！"

瑞云很高兴。虽然只见了两面，却已经好像很熟了。山南海北，琴棋书画，无所不谈。瑞云从来没有和人说过那么多的话，贺生也很少说话说得这样聪明，不知不觉，炉内香灰堆积，帘外落花渐多。瑞云把座位移近贺生，悄悄地说："你能不能想一点办法，在我这里住一夜？"贺生说："看你两日，于愿已足。肌肤之亲，何敢梦想！"他知道瑞云和蔡妈妈有成约：人由自选，价由母定。瑞云说："娶我，我知道你没这个能力。我只是想把女儿身子交给你。以后你再也不来了，山南海北，我老想着你，这也不行吗？"贺生摇头。两个再没有话了，眼对眼看着。楼下蔡妈妈大声喊："瑞云！"瑞云站起来，执着贺生的两只手，眼泪滴在贺生手背上。

贺生回去，辗转反侧。想要回去变卖家产，以博一宵之欢；又想到更尽分别，各自东西，两下牵挂，更何以堪。想到这里，热念都消。咬咬牙，再不到瑞云院里去。

蔡妈妈催着瑞云择婿。接连几个月，没有中意的。眼看花朝已过，离三月十四没有几天了。

这天，来了一个秀才，坐了一会儿，站起身来，用一个指头在瑞云额头上按了一按，说："可惜，可惜！"说完就走了。瑞云送客回来，发现额头有一个黑黑的指印。越洗越真。而且这块黑斑逐渐扩大，几天的工夫，左眼的上下眼皮都黑了。瑞云不能再见客，蔡妈妈拔了她的簪环首饰，剥了上下衣裙，把她推下楼来，和老妈子丫头一块干粗活。瑞云娇养惯了，身子又弱，怎么受得了这个！

贺生听说瑞云遭了奇祸，特地去看看。瑞云蓬着头，正在院里拔草。贺生远远喊了一声："瑞云！"瑞云听出是贺生的声音，急忙躲到一边，脸对着墙壁。贺生连喊了几声，瑞云就是不回头。贺生一头去找到蔡妈妈，说是愿意把瑞云赎出来。瑞云已经是这样，蔡妈妈没有多要身价银子。贺生回余杭，变卖了几亩田产，向蔡妈妈交付了身价，一乘花轿把瑞云抬走了。

到了余杭，拜堂成礼。入了洞房后，瑞云乘贺生关房门的工夫，自己揭了盖头，一口气，噗，噗，把两支花烛吹灭了。贺生知道瑞云的心思，并不嗔怪。轻轻走拢，挨着瑞云在床沿坐下。

瑞云问："你为什么娶我？"

"以前，我想娶你，不能。现在能把你娶回来了，不好吗？"

"我脸上有一块黑。"

"我知道。"

"难看吗？"

"难看。"

"你说了实话。"

"看看就会看惯的。"

"你是可怜我吗？"

"我疼你。"

"伸开你的手。"瑞云把手放在贺生的手里。贺生想起那天在院里瑞云和他执手相看，就轻轻抚摩瑞云的手。

瑞云说："你说的是真话。"接着叹了一口气，"我已经不是我了。"

贺生轻轻咬了一下瑞云的手指："你还是你。"

"总不那么齐全了！"

"你不是说过，愿意把身子给我吗？"

"你现在还要吗？"

"要！"

两口子日子过得很甜。不过瑞云每晚临睡，总把所有灯烛吹灭了。好在贺生已经逐渐对她的全身读得很熟，没灯胜似有灯。

花开花落，春去秋来。一窗细雨，半床明月。少年夫妻，如鱼如水。

贺生真的对瑞云脸上那块黑看惯了。他不觉得有什么难看。似乎瑞云脸上本来就有，应该有。

瑞云还是一直觉得歉然。她有时晨妆照镜，会回头对贺生说："我对不起你！"

"不许说这样的话！"

贺生因事到苏州，在虎丘吃茶。隔座是一个秀才，自称姓和，彼此攀谈起来。秀才听出贺生是浙江口音，便问："你们

013

杭州，有个名妓瑞云，她现在怎么样了？"

"已经嫁人了。"

"嫁了一个什么样的人？"

"一个和我差不多的人。"

"真能类似阁下，可谓得人！——不过，会有人娶她吗？"

"为什么没有？"

"她脸上——"

"有一块黑，是一个什么人用指头在她额头一按，留下的。这个人真不知道安的是什么心肠！——你怎么知道的？"

"实不相瞒，你说的这个人，就是在下。"

"你为什么要做这件事？"

"昔在杭州，也曾一觐芳仪，甚惜其以绝世之姿而流落不偶，故以小术晦其光而保其璞，留待一个有情人。"

"你能点上，也能去掉吗？"

"怎么不能？"

"我也不瞒你，娶瑞云的，便是小生。"

"好！你别具一双眼睛，能超出世俗媸妍，是个有情人！我这就同你到余杭，还君一个十全的佳妇。"

到了余杭，秀才叫贺生用铜盆打一盆水，伸出中指，在水面写写画画，说："洗一洗就会好的。好了，须亲自出来一谢医人。"

贺生笑说："那当然！"贺生捧盆入内室，瑞云掬水洗面，面上黑斑随手消失，晶莹洁白，一如当年，瑞云照照镜子，不敢相信，反复照视，大叫一声："这是我！这是我！"

夫妻二人，出来道谢，一看，秀才没有了。

这天晚上，瑞云高烧红烛，剔亮银灯。

贺生不像瑞云一样欢喜，明晃晃的灯烛，粉扑扑的嫩脸，他觉得不惯，他若有所失。

瑞云觉得他的爱抚不像平日那样温存，那样真挚，她坐起来，轻轻地问："你怎么了？"

黄　英

马子才，顺天人。几代都爱菊花。到了子才，更是爱菊如命。听说什么地方有佳种，一定得买到。千里迢迢，不辞辛苦。一天，有金陵客人寄住在马家，看了子才种的菊花，说他有个亲戚，有一两棵名种，为北方所无。马子才动了心，即刻打点行李，跟这位客人到了金陵。客人想方设法，给他弄到两亩菊花芽。马子才如获至宝，珍重裹藏，捧在手里，骑马北归。半路上，遇见一个少年，赶着一辆精致的轿车。少年眉清目秀，风姿洒落。他好像刚刚喝了酒，酒气中有淡淡的菊花香。一路同行，子才和少年就搭了话。少年听出马子才的北方口音，问他到金陵做什么来了，手里捧着的是什么。子才如实告诉少年，说手里这两亩菊花芽好不容易才弄到，这是难得的名种。少年说：

"种无不佳，培溉在人。人即是花，花即是人。"

马子才似懂非懂，问少年要往哪里去。少年说："姐姐不喜欢金陵，将到河北找个合适的地方住下。"马子才问："找了房没有？"

"到了再说吧。"

子才说："我看你们就甭费事了。我家里还有几间闲房，空着也是空着，你们不如就在我那儿住着，我也好请教怎样'培溉'菊花。"少年说："得跟我姐姐商量商量。"他把车停住，把马子才的意思向姐姐说了。车里的人推开车帘说话。原来是二十来岁的一位美人，说：

"房子不怕窄憋，院子得大一些。"

子才说："我家有两套院子，我住北院，南院归你们。两院之间有个小板门。愿意来坐坐，拍拍门，随时可以请过来。平常尽可落闩下锁，互不相扰。"

"这样很好。"

谈了半日，才互通姓名。少年姓陶，姐姐小字黄英。

两家处得很好。马子才发现，陶家好像不举火，经常是从外面买点烧饼、馃子就算一餐，就三天两头请他们过来便饭。这姐弟二人倒也不客气，一请就到。有一天陶对马说："老兄家道也不是怎么富足的，我们老是吃你们的，长了，也不是个事。咱们合计合计，我看卖菊花也能谋生。"马子才素来自命清高，听了陶生的话很不以为然，说："这是以东篱为市井，有辱黄花！"陶笑笑，说："自食其力不为贫，贩花为业不为俗。"马子才不再说话。陶生也还常常拍拍板门，过来看看马子才种的菊花。

子才种菊，十分勤奋。风晨雨夜，科头赤足，他又挑剔得很严，残枝劣种，都拔出来丢在地上。他拿了把竹扫帚，打算扫到沟里，让它们顺水漂走。陶生说："别！"他把这些残枝劣种都捡起来，抱到南院。马子才心想：这人并不懂种菊花！

没多久，到了菊花将开的月份，马子才听见南院人声嘈杂，闹闹嚷嚷，简直像是香期庙会：这是咋回事？他扒在板门上偷觑：嘀，都是来买花的。用车子装的、背着的、抱着的、络绎不绝。再一看那些花，都是见都没见过的异种。心想：他真的卖起菊花来了。这么多的花，得卖多少钱？此人俗，且贪！交不得！又恨他秘着佳种，不叫自己知道，太不够朋友。于是拍拍板门，想过去说几句不酸不咸的话，叫这小子知道：马子才既不贪财，也不可欺。陶生听见拍门，开开门，拉着子才的手，把他拽了过来。子才一看，荒庭半亩，都已辟为菊畦，除了那几间旧房，没有一块空地，到处都是菊花。多数憋了骨朵儿，少数已经半开。花头大，颜色好，秆粗，叶壮，比他自己园里种的，强百倍。问："你这些花秧子是哪里淘换来的？"陶生说："你细看看！"子才弯腰细看：似曾相识。原来都是自己拔弃的残枝劣种。于是想好的讥诮话都忘了，直想问："你把菊花种得这样好，有什么诀窍？"陶生转身进了屋，不大会儿，搬出一张矮桌，就放在菊畦旁边。又进屋，拿出酒菜，说："我不想富，也不想穷。我不能那样清高。连日卖花，得了一些钱。你来了，今天咱们喝两盅。"陶生酒量大，用大杯。马子才只能小杯陪着。正喝着，听见屋里有人叫："三郎！"是黄英的声音。"少喝点，小心吓着马先生。"陶生答应："知道了。"几杯落肚，马子才问："你说过'种无不佳，培灌在人'，你到底有什法子能把花种成这样？"陶生说：

"人即是花，花即是人。花随人意。人之意即花之意。"

马子才还是不明白。

陶生豪饮，从来没见他大醉过。子才有个姓曾的朋友，酒量极大，没有对手。有一天，曾生来，马子才就让他们较量较量。二位放开量喝，喝得非常痛快。从早晨一直喝到半夜。曾生烂醉如泥，靠在椅子上呼呼大睡。陶生站起，要回去睡觉，出门踩了菊花畦，一跤摔倒。马子才说："小心！"一看人没了，只有一堆衣裳落在地上，陶生就地化成一棵菊花，一人高，开着十几朵花，花都有拳大。马子才吓坏了，赶紧去告诉黄英。黄英赶来,把菊花拔起来,放倒在地上,说:"怎么醉成这样!"拿起陶生衣裳,把菊花盖住,对马子才说:"走,别看!"到了天亮,马子才过去看看,只见陶生卧在菊畦边,睡得正美。

于是子才知道:这姐弟二人都是菊花精。

陶生已经露了行迹,也就不避子才,酒喝得越来越放纵。常常自己下个短帖,约曾生来共饮,二位酒友,成了莫逆。

二月十二,花朝。曾生着两个仆人抬了一坛百花酒,说:"今天咱们把这坛酒都喝了!"一坛酒快完了,两人都还不太醉。马子才又偷偷往坛里续了几斤白酒。两人又都喝了。曾生醉得不省人事,由仆人背回去了。陶生卧在地上,又化为菊花。马子才不惊,就如法炮制,把菊花拔起来,守在旁边,看他怎么再变过来。等了很久,看见菊花叶子越来越憔悴,坏了!赶紧去告诉黄英,黄英一听:"啊?——你杀了我弟弟了!"急急奔过来看,菊花根株已枯。黄英大哭,掐了还有点活气的菊花梗,埋在盆里,携入闺中,每天灌溉。

盆里的花渐渐萌发。九月,开了花,短秆粉朵,闻闻,有酒香。浇以酒,则茂。

这个菊种,渐渐传开。种菊人给起了个名字,叫"醉陶"。

一年又一年,黄英也没有什么异状,只是她永远像二十来岁,永远不老。

蛐　蛐

　　宣德年间，宫里兴起了斗蛐蛐。蛐蛐都是从民间征来的。
这玩意儿陕西本不出。有那么一位华阴县令，想拍拍上官的马
屁，进了一只。试斗了一次，不错，供到了宫里。打这儿起，
传下旨意，责令华阴县每年往宫里送，县令把这项差事交给里
正。里正哪里去弄到蛐蛐？只能花钱买。地方上有一些不务正
业的混混弄到好蛐蛐，养在金丝笼里，价钱抬得很高。有的里
正，和衙役勾结在一起，借了这个名目，挨家挨户，按人口摊

派。上面要一只蛐蛐，常常害得几户人家倾家荡产。蛐蛐难找，里正难当。

有个叫成名的，是个童生，多年没有考上秀才，为人很迂，不会讲话。衙役看他老实，就把他报充了里正。成名托人情，送蒲包，磕头，作揖，不得脱身。

县里接送来往官员，办酒席，敛程仪，要民夫，要马草，都朝里正说话。

不到一年的工夫，成名的几亩薄产都赔进去了。一出数伏，按每年惯例，该征蛐蛐了，成名不敢挨户摊派，自己又实在变卖不出这笔钱。每天烦闷忧愁，唉声叹气，跟老伴说："我想死的心都有了。"老伴说："死，管用吗？买不起自己捉！说不定能把这项差事应付过去。"成名说："是个办法。"于是提了竹筒，拿着蛐蛐罩，破墙根底下，烂砖头堆里，草丛里，石头缝里，到处翻，找。清早出门，半夜回家，鞋磨破了，膝盖磨穿了。手上，脸上，叫葛针拉出好多血道道，无济于事，即使捕得两三只，又小又弱，不够分量，不上品。县令限期追逼，交不上蛐蛐，二十个板子。十多天下来，成名挨了百十板，两条腿脓血淋漓，没有几块好肉了，走不能走，哪再能捉蛐蛐呢？躺在床上，翻来覆去，除了自尽，别无他法。

迷迷糊糊做了一个梦，梦见一座庙，庙后小山下怪石乱卧，有一只"青麻头"伏着。旁边有一只癞蛤蟆，将蹦未蹦。

醒来想想：这是什么地方？猛然醒悟：这不是村东头的大佛阁吗？他小时候逃学，曾到那一带玩过。这梦准吗？那里真的有好蛐蛐？管它的！去碰碰运气，于是挣扎着起来，拄着拐杖，往村东去。到了大佛阁后一带都是古坟，顺着古坟走，蹲着伏着一块一块怪石，就跟梦里所见的一样，是这儿？——像！于是在蒿莱草莽之间，轻手轻脚，侧耳细听，凝视细看，听力目力都用尽了，然而听不到蛐蛐叫，看不见蛐蛐的影子，忽然，蹦出一只癞蛤蟆。成名一愣，赶紧追癞蛤蟆钻进了草丛，顺着方向，拨开草丛，一只蛐蛐在刺棘丛里伏着，快扑！蛐蛐跳进了石穴，用尖草撩它，不出来，用随身带着的竹筒里的水灌，这才出来。好模样！蛐蛐蹦，成名追，罩住了，细看看：个头大，尾巴长，青脖子，金翅膀。大叫一声："这可好了！"一阵狂欢喜，腿上的棒伤也轻松了一些，提着蛐蛐笼，快步回家，举家欢庆，老伴破例给成名打了二两酒，家里有蛐蛐罐，垫上点过了箩的细土，把宝贝养在家里面。蛐蛐爱吃什么？栗子、菱角、螃蟹肉。买！静等着到了期限，好见官交差。这可好了：不用再挨板子了，剩下的房产能保住了，蛐蛐在罐里叫哩，喔喔喔喔……

　　成名有个儿子，小名黑子，九岁了，非常淘气，上树掏鸟蛋，下河捉水蛇，飞砖打恶狗，爱捅马蜂窝。性子倔，爱打架，比他大几岁的孩子也都怕他，因为他打起架来拼命，拳打脚踢带牙咬。三天两头，有街坊邻居来告"妈妈状"。成名夫

023

妻，就这么一个儿子，只能老给街坊们赔不是，也不忍心重打他，成名得了这只救命蛐蛐，再三告诫黑子："不许揭开蛐蛐罐，不许看，千万！千万！"

不说还好，说了，黑子还非看看不可，他瞅着父亲不在家，偷偷揭开蛐蛐罐。腾！——蛐蛐蹦出罐外，黑子伸手一扑，用力过猛，蛐蛐大腿折了，肚子破了——死了，黑子知道闯了大祸，哭着告诉妈妈，妈妈一听，脸色煞白："你个孽障！你甭想活了，你爹回来，看他怎么跟你算账！"黑子哭着走了。成名回来，老伴把事情一说，成名掉在冰窟窿里了。半天，说："他在哪儿？"找。到处找遍了，没有。做妈的忽然心里一震：莫非是跳了井？扶着井栏一看，有个孩子，请街坊邻居帮忙，把黑子捞上来，已经死了，这时候顾不上生气，只觉得悲痛。夫妻二人，傻了一样，傻坐着，你看看我，我看看你，找不到一句话。这天他们家烟筒没冒烟，哪里还有心思吃饭呢，天黑了，把儿子抱起来，准备用一张草席卷卷埋了。摸摸胸口，还有点温和，探探鼻子，还有气。先放到床上再说吧，半夜里，黑子醒来了，睁开了眼，夫妻二人稍得安慰，只是眼神发呆，睁眼片刻，又合上眼，昏昏沉沉地睡了。

蛐蛐死了，儿子这样，成名瞪着眼睛到天亮。

天亮了，忽然，听到门外蛐蛐叫，成名跳了起来，远远一看，是一只蛐蛐，心里高兴，捉它！蛐蛐叫了一声："嚯！"

跳走了，跳得很快，追。用手掌一捂，好像什么也没有，空的，手举起，又分明在，跳得老远。急忙追，折过墙角，不见了。四面看看，蛐蛐伏在墙上，细一看，个头不大，黑红黑红的。成名看它小，瞧不上眼，墙上的小蛐蛐，忽然落在他袖口上。看看，小虽小，形状特别，像一只土狗子，梅花翅，方脑袋，好像不赖。将就着吧。右手轻轻捏着蛐蛐，放在右手掌里，两手相合，带回家里，心想拿它去交差，又怕县令看不上，心里没底，就试着斗一斗，看看行不行。村里有个小伙子，是个玩家，走狗斗鸡，提笼架鸟，样样在行。他养着一只蛐蛐，自命名"蟹壳青"，每天找一些少年子弟斗，百战百胜。他把这只"蟹壳青"居为奇货，索价很高，也没人能买得起，有人传出来，说成名得了一只蛐蛐，这小子就到成家拜访，要看看蛐蛐，一看，捂着嘴笑了：这也叫蛐蛐！于是打开自己的蛐蛐罐，把蛐蛐赶进"过笼"里，放进斗盆。成名一看，这只蛐蛐大得像个油葫芦，就含糊了，不敢把自己的拿出来。小伙子存心看个笑话，再三说："玩玩嘛，咱又不赌输赢。"成名一想，反正养这么只孬玩意儿也没啥用，逗个乐！于是把黑蛐蛐放进斗盆。小蛐蛐趴着不动，蔫里吧唧，小伙子又大笑。使猪鬃撩它，再撩它！黑蛐蛐忽然暴怒，后腿一挺，直蹿过来。两只蛐蛐这就斗开了，冲、撞、腾、击，噼里啪啦直响。忽见小蛐蛐跳起来，伸开须须，翘起尾巴，张开大牙，一下子钳住大蛐蛐的脖子。大蛐蛐脖子破了，直流水。小伙子赶紧把自己的蛐蛐装进过笼，说："这小家伙真玩命呀！"小蛐蛐摆动着须须，"嚯嚯，嚯嚯"，扬扬得意。成名也没想到。他和小伙子正在端详这只黑红黑红的小蛐蛐，他们家一只大公鸡斜着眼睛过来，上去就是一嘴。成名大叫一声："啊呀！"幸好，公鸡没啄着，蛐蛐一蹦出了一尺多远。公鸡一啄不中，撒腿紧追，眨眼之间，蛐蛐已经在鸡爪子底下了。成名急得不知怎么好，只是跺脚，再一看，公鸡伸长了脖子乱甩。嗯？走近一看，只见蛐蛐叮在鸡冠上，死死叮着不放，公鸡羽毛扎散，双脚挣蹦。成名惊喜，把蛐蛐捏起来，放进笼里。

第二天，上堂交差。县太爷一看，这么个小东西，大怒："这，你不是糊弄我吗？！"成名细说这只蛐蛐怎么怎么好，县令不信，叫衙役弄几只蛐蛐来试试。果然都不是对手。又抱一只公鸡来，一斗，公鸡也败了。县令吩咐，专人送到巡抚衙门。巡抚大为高兴，打了一只金笼子，又命师爷连夜写了一通奏折，详详细细表述了蛐蛐的能耐，把蛐蛐献到宫中，宫里有名有姓的蛐蛐多了，都是各省进贡来的。什么"蝴蝶""螳螂""油利挞""青丝额"……黑蛐蛐跟这些"名将"斗了一圈，没有一只能经得三个回合，全都非死即伤，望风而逃。皇上龙颜大悦，下御诏，赐给巡抚名马衣缎。巡抚饮水思源，到了考核的时候，给华阴县评了一个"卓异"，就是说该县令的政绩非比寻常。县令也是个有良心的，想起他的前程都是打成名那儿来的，于是就免了成名里正的差役；又嘱咐县学的教谕，让成名进了学，成了秀才，有了功名，不再是童生；还赏了成名几十两银子，让他把赔累进去的薄产赎回来，成名夫妻，说不尽的欢喜。

只是他们的儿子一直是昏昏沉沉地躺着，不言不语，不吃不喝，不死不活，这可怎么了呢?

树叶黄了，树叶落了，秋深了。

一天夜里，成名夫妻做了一个同样的梦，梦见他们的儿子黑子。黑子说：

"我是黑子。就是那只黑蛐蛐。蛐蛐就是我。我变的。

"我拍死了'青麻头'，闯了祸。我就想：不如我变一只蛐蛐吧。我就变成了一只蛐蛐。

"我爱打架。

"我打架总要打赢。打赢了，爹就可以不当里正，不挨板子了。我九岁了，懂事了。

"我跟别的蛐蛐打，我想：我一定要赢，为了我爹，我妈。我拼命。蛐蛐也怕蛐蛐拼命。它们就都怕。

"我打败了所有的蛐蛐！我很厉害！

"我想变回来。变不回来了。

"那也好，我活了一秋。我赢了。

"明天就是霜降，我的时候到了。

"我走了，你们不要想我。——没用。"

第二天一早，黑子死了。

一个消息从宫里传到省里，省里传到县里，那只黑蛐蛐死了。

石清虚

　　邢云飞，爱石头。书桌上，条几上，书架上，柜橱里，多宝格里，到处都是石头。这些石头有的是他不惜重价买来的，有的是他跋山涉水满世界寻觅来的。每天早晚，他把这些石头挨个儿看一遍。有时对着一块石头能端详半天。一天，他在河里打鱼，觉得有什么东西挂了网，挺沉，他脱了衣服，一个猛子扎下去，一摸，是块石头。抱上来一看，石头不小，直径够一尺，高三尺有余。四面玲珑，峰峦叠秀。高兴极了。带回家了，配了一个紫檀木的座，供在客厅的案上。

一天，天要下雨，邢云飞发现：这块石头出云。石头有很多小窟窿，每个窟窿里都有云，白白的，像一团一团的新棉花，袅袅飞动，忽淡忽浓。他左看右看，看呆了。以后，每到天要下雨，都是这样。这块石头是个稀世之宝！

这就传开了。很多人都来看这块石头。一到阴天，来看的人更多。

邢云飞怕惹事，就把石头移到室内，只留一个檀木座在客厅案上。再有人来要看，就说石头丢了。

一天，有一个老叟敲门，说想看看那块石头。邢云飞说："石头已经丢失很久了。"老叟说："不是在您的客厅里供着吗？"——"您不信？不信就请到客厅看。"——"好，请！"一跨进客厅，邢云飞愣了：石头果然好好地嵌在檀木座里。咦？

老叟抚摩着石头，说："这是我家的旧物，丢失了很久了，现在还在这里啊。既然叫我看见了，就请赐还给我。"邢云飞哪肯呀："这是我家传了几代的东西，怎么会是你的！"——"是我的。"——"我的！"两个争了半天。老叟笑道："既是你家的，有什么验证？"邢云飞答不上来。老叟说："你说不上来，我可知道。这石头前后共有九十二个窟窿，最大的窟窿里有五个字：'清虚石天供'。"邢云飞仔细一看，大窟窿里果然有五个字，才小米粒大，使劲看，才能辨出笔画。又数数窟窿，不多不少，九十二。邢云飞没有话说，但就是不给。老叟说："是谁家的东西，应该归谁，怎么能由得你呢？"说完一拱手，走了。邢云飞送到门外，回来：石头没了。大惊，惊疑是老叟带走了，急忙追出门来。老叟慢慢地走着，还没走远。赶紧奔上去，拉住老叟的袖子，哀求道："你把石头还给我吧！"老叟说："这可是奇怪了，那么大的一块石头，我能攥在手里，揣在袖子里吗？"邢云飞知道这老叟很神，就强拉硬拽，把老叟拽回来，给老叟跪下，不起来，直说："您给我吧，给我吧！"老叟说："石头到底是你家的，是我家的？"——"您家的！您家的！——求您割爱！求您割爱！"老叟说："既是这样，那么，石头还在。"邢云飞一扭头，石头还在座里，没挪窝儿。老叟说："天下之宝，当与爱惜之人。这块石头能自己选择一个主人，我也很喜欢。然而，它太急于自现了。出世早，劫运未除，对主人也不利。我本想带走，等过了三年，再赠送给你。既想留下，那你就得减寿三年，这块石头才能随着你一辈子，你愿意吗？"——"愿意！愿意！"老叟于是用两个指头捏了一个窟窿一下，窟窿软得像泥，闭上了。随手闭了三个窟窿，完了，说："石上窟窿，就是你的寿数。"说罢，飘然而去。

有一个权豪之家，听说邢家有一块能出云的石头，就惦记上了。一天，他派了两个家奴闯到邢家，抢了石头便走。邢云飞追出去，拼命拽住。家奴说石头是他们主人的，邢云飞说："我的！"于是经了官。地方官坐堂问案，说是你们各执一词，都说说，有什么验证。家奴说："有！这石头有九十二个窟窿。"——原来这权豪之家早就派了清客，到邢家看过几趟，暗记了窟窿数目。问邢云飞："人家说出验证来了，你还有什么话说！"邢云飞说："回大人，他们说得不对。石头只有八十九个窟窿。有三个窟窿闭了，还有六个指头印。"——"呈上来！"地方官当堂验看，邢云飞所说，一字不差，只好把石头断给邢云飞。

邢云飞得了石头回来，用一方古锦把石头包起来，藏在一只铁梨木匣子里。想看看，一定得先焚一炷香，然后才开匣子。也怪，石头很沉，别人搬起来很费劲，邢云飞搬起来却是轻而易举。

邢云飞到了八十九岁，自己置办了装裹、棺木，抱着石头往棺材里一躺，死了。

陆　判

　　朱尔旦，爱作诗，但是天资钝，写不出好句子。人挺豪放，能喝酒。喝了酒，爱跟人打赌。一天晚上，几个作诗写文章的朋友聚在一处，有个姓但的跟朱尔旦说："都说你什么事都敢干，咱们打个赌：你要是能到十王殿去，把东廊下的判官背了来，我们大家凑钱请你一顿！"这地方有一座十王殿，神鬼都是木雕的，跟活的一样。东廊下有一个立判，绿脸红胡子，模样尤其狞恶。十王殿阴森森的，走进去叫人寒毛直竖。

晚上更没人敢去。因此，这姓但的想难倒朱尔旦。朱尔旦说："一句话！"站起来就走。不大一会儿，只听见门外大声喊叫："我把髯宗师请来了！"姓但的说："别听他的！"——"开门哪！"门开处，朱尔旦当真把判官背进来了。他把判官搁在桌案上，敬了判官三大杯酒。大家看见判官伫立着，全都坐不住："你，还把他请回去！"朱尔旦又把一壶酒泼在地上，说了几句祝告的话："门生粗率不文，惊动了您老人家，大宗师谅不见怪。舍下离十王殿不远，没事请过来喝一杯，不要见外。"说罢，背起判官就走。

第二天，他的那些文友，果然凑钱请他喝酒。一直喝到晚上，他已经半醉了，回到家里，觉得还不尽兴，又弄了一壶，挑灯独酌。正喝着，忽然有人掀开帘子进来。一看，是判官！朱尔旦腾地站了起来："噫！我完了！昨天我冒犯了你，你今天来，是不是要给我一斧子？"判官拨开大胡子一笑，"非也！昨蒙高义相订，今天夜里得空，敬践达人之约。"朱尔旦一听，非常高兴，拽住判官衣袖，忙说："请坐！请坐！"说着点火坐水，要烫酒。判官说："天道温和，可以冷饮。"——"那好那好！——我去叫家里的弄两碟菜。你宽坐一会儿。"朱尔旦进里屋跟老婆一说——他老婆娘家姓周，挺贤惠——"炒两个菜，来了客。"——"半夜里来客？什么客？"——"十王殿的判官。"——"什么？"——"判官。"——"你千万别出去！"朱尔旦说："你甭管！炒菜，炒菜！"——"这会儿，能炒出什么菜？"——"炸花生米！炒鸡蛋！"一会儿的工夫，两碟酒菜炒得了，朱尔旦端出来，重换杯筷，斟了酒："久等了！"——"不妨，我在读你的诗稿。"——"阴间，也兴作诗？"——"阳间有什么，阴间就有什么。"——"你看我这诗？"——"不好。"——"是不好！喝酒！——你怎么称呼？"——"我姓陆。"——"台甫？"——"我没名字！"——"没名字？好！——干！"这位陆判官真是海量，接连喝了十大杯。朱尔旦因为喝了一天的酒，不知不觉，醉了。趴在桌案上，呼呼大睡。到天亮，醒了，看看半支残烛，一个空酒瓶，碟子里还有几颗炸焦了的花生米，两筷子鸡蛋，恍惚了半天："我夜来跟谁喝酒来着？判官，陆判？"自此，陆判隔两三天就来一回，炸花生米、炒鸡蛋下酒。朱尔旦作了诗，都拿给陆判看。陆判看了，都说不好。"我劝你就别作诗了。诗不是谁都能作的，你的诗，平仄对仗都不错，就是缺一点东西——诗意。心中无诗意，笔下如何有好诗？你的诗，还不如炒鸡蛋。"

有一天，朱尔旦醉了，先睡了，陆判还在自斟自饮。朱尔旦醉梦之中觉得肚脏微微发痛，醒过来，只见陆判坐在床前，剖开他的腔子，把肠子、肚子都掏了出来。一条一条在整理。朱尔旦大为惊愕，说："咱俩无仇无冤，你怎么杀了我？"陆判笑笑说："别怕别怕，我给你换一颗聪明的心。"说着不紧不慢地把肠子又塞了回去。问："有干净白布没有？"——

"白布？有包脚布！"——"包脚布也凑合。"陆判用裹脚布缚紧了朱尔旦的腰杆，说："完事了。"朱尔旦看看床上，也没有血迹，只觉得小肚子有点发木。看看陆判，把一疙瘩红肉放在茶几上，问："这是啥？"——"这是老兄的旧心。你的诗写不好，是因为心长得不好。你瞧瞧，什么乱七八糟的，窟窿眼都堵死了。适才在阴间捡到一颗，虽不是七窍玲珑，但比你原来那颗要强些。你那一颗，我还得带走，好在阴间凑足原数。你躺着，我得去交差。"

朱尔旦睡了一觉，天明，解开包脚布看看，创口已经合缝，只有一道红线。从此，他的诗就写得好些了。他的那些诗友都很奇怪。

朱尔旦写了几首传诵一时的诗，就有点不安分了。一天，他请陆判喝酒，喝得有点醺醺然了，说："涮汤伐胃，受赐已多，尚有一事欲相烦，不知可否？"陆判一听："什么事？"朱尔旦说："心肠可换，这脑袋、面孔想来也是能换的。"——"换头？"——"你弟妇，我们家里的，结发多年，怎么说呢，下身也还挺不赖，就是头面不怎么样。四方大脸，塌鼻梁。你能不能给来一刀？"——"换一个？成！容我缓几天，想想办法。"

过了几天，半夜里，来敲门，朱尔旦开门，拿蜡烛一照，见陆判用衣襟裹着一件东西。"啥？"陆判直喘气："你托付我的事，真不好办。好不容易，算你有运气，我刚刚得了一个挺不错的美人脑袋，还是热乎的！"一手推开房门，见朱尔旦的老婆侧身睡着，睡得正实在，陆判把美人脑袋交给朱尔旦抱着，自己从靴靿子里抽出一把锋利的匕首，按着朱尔旦老婆的脑袋，切冬瓜似的一刀切了下去，从朱尔旦手里接过美人脑袋，合在朱尔旦老婆脖颈上，看端正了，然后用手四边捋了捋，动作干净利落，真是好手艺！然后，移动枕头，塞在肩下，让脑袋腔子都舒舒服服地斜躺着。说："好了！你把尊夫人原来的脑袋找个僻静地方，刨个坑埋起来。以后再有什么事，我可就不管了。"

第二天，朱尔旦的老婆起来，梳洗照镜。脑袋看看身子："这是谁？"双手摸摸脸蛋："这是我？"

朱尔旦走出来，说了换头的经过，并解开女人的衣领，让女人验看，脖颈上有一圈红线，上下肉色截然不同。红线以上，细皮嫩肉；红线以下，较为粗黑。

吴侍御有个女儿，长得很好看。昨天是上元节，去逛十王殿。有个无赖，看见她长得美，跟梢到了吴家。半夜，越墙到吴家女儿的卧室，想强奸她。吴家女儿抗拒，大声喊叫，无赖一刀把她杀了，把脑袋放在一边，逃了。吴家听见女儿屋里有动静，赶紧去看，一看见女儿尸体，非常惊骇。把女儿尸体用被窝盖住，急忙去备具棺木。这时候，正好陆判下班路过，一看，这个脑袋不错！裹在衣襟里，一顿脚，腾云驾雾，来到了朱尔旦的家。

吴家买了棺木，要给女儿成殓。一揭被窝儿，脑袋没了！

朱尔旦的老婆换了脑袋，也带来了一些别扭。朱尔旦的老婆原来食量颇大，爱吃辛辣葱蒜。可是这个脑袋吃得少，又爱吃清淡东西，喝两口鸡丝雪笋汤就够了，因此下面的肚子就老是不饱。

晚上，这下半身非常热情，可是脖颈上这张雪白粉嫩的脸却十分冷淡。

吴家姑娘爱弄乐器，笙箫管笛，无所不晓。有一天，在西厢房找到一管玉屏洞箫，高兴极了，想吹吹。撮细了樱唇，倒是吹出了音，可是下面的十个指头不会捏眼！

朱尔旦老婆换了脑袋，这事渐渐传开了。

朱尔旦的那些诗朋酒友自然也知道了这件事。大家就要求见见换了脑袋的嫂夫人，尤其是那位姓但的。朱尔旦被他们缠得脱不得身，只得略备酒菜，请他们见见新脸旧夫人。

客人来齐了，朱尔旦请夫人出堂。

大家看了半天，姓但的一躬到地：

"是嫂夫人？"

这张挺好看的脸上的挺好看的眼睛看看他，说："初次见面，您好！"

初次见面？

"你现在贵姓？姓周，还是姓吴？"

"不知道。"

"不知道？"

"那么你是？"

"我也不知道我是谁。是我，还是不是我。"这张挺好看的面孔上的挺好看的眼睛看看朱尔旦，下面一双挺粗挺黑的手比比画画，问朱尔旦："我是我？还是她？"

朱尔旦想了一会儿，说：

"你们。"

"我们。"

双 灯

　　魏家二小，父母双亡，念过几年书，跟着舅舅卖酒。舅舅开了一座糟坊，就在村口，不大，生意也清淡，顾客不多。糟坊前面有一些甑子、水桶、酒缸。后面是一个很大的院子，荒荒凉凉，什么也没有，开了一地的野花。后院有一座小楼。楼下是空的，二小住在楼上。每天太阳落了山，关了大门，就剩下二小一个人了。他倒不觉得闷。有时反反复复想想小时候的事，背两首还记得的千家诗，或是伏在楼窗看南山。南山暗蓝暗蓝的，没有一星灯。南山很深，除了打柴的、采药的，不大有人进去。天边的余光退尽了，南山的影子模糊了，星星一个一个地出齐了，村里有几声狗叫，二小睡了，连灯都不点。一年一年过去，二小长得像大人了，模样很清秀，因为家寒，还没有说亲。

一天晚上，二小已经躺下了，听见楼下有脚步声，还似不止一个人。不大会儿，踢踢踏踏，上了楼梯。二小一骨碌坐起来："谁？"只见两个小丫头挑着双灯，已经到了床跟前，后面是一个少年书生，领着一个女郎，到了床跟前，微微一笑。二小惊起说不出话来，一想：这是狐狸精！腾的一下，汗毛都立起来了，低着头，不敢斜视一眼。书生又笑了笑说："你不要猜疑，我妹妹和你有缘，应该让她与你做伴。"二小看了看书生，一身貂皮绸缎，华丽耀眼，看看自己，粗布衣裤，自己直觉得寒碜，不知道说什么好。书生领着丫鬟，丫鬟留下双灯，他们径自走了。

剩下女郎一人。

二小细细看了看女郎，像画上画的仙女，越看越喜欢，只是自己是个卖酒的，浑身酒糟气，怎么配得上这样的仙女呢？想说两句风流一点的话，一句也说不出，傻了，女郎看看他说："你是不是念'子曰'的，怎么这么书呆子气！我手冷，给我焐焐！"一步走向前，把二小推倒在床上，把手伸在他怀里。焐了一会儿，二小问："还冷吗？""不冷了，我现在身上冷。"二小翻身把她搂了起来。二小从来没有干过这种事。不过这种事是不需要人教的。

　　鸡叫了，两个丫鬟来，挑起双灯，把女郎引走了。到楼梯口，女郎回头：

　　"我晚上来。"

　　"我等你。"

　　夜长他们赌猜枚。二小拎了一壶酒，箩里装了一堆豆子："我藏你猜，猜对了，我喝一口酒。"他右手攥豆子：

　　"几颗？"

　　"三颗！"

　　摊开手：三颗！

　　又攥了一把："几颗？"

　　"十一。"

　　摊开来：十一颗！

　　猜了十次，女郎都猜对了，二小喝了好几杯酒。

　　"这样猜法，你要喝醉了，你没个赢的时候，不如我藏你猜，这样你还能赢几把。"

　　这样过了半年。

　　一天，太阳将落，二小关了大门，到了后院。看见女郎坐在墙头上，这天她打扮得格外标致，水红衫子，白蝶绢裙，鬓边插了一支珍珠偏凤。她招了招手：

"你过来。"把手伸给了二小,墙不高,轻轻一拉,二小就过了墙。

"你今天来得早?"

"我要走了,你送送我。"

"要走,为什么要走?"

"缘尽了。"

"什么叫'缘'?"

"缘,就是爱。"

"……"

"我喜欢你,我来了。我开始觉得我就要不那么喜欢你了,我就得走了。"

"你忍心?"

"我舍不得你,但是我得走。我们,和你们人不一样,不能凑合。"

说着已到村外,那两个小丫鬟挑着双灯等在那里,他们一直走向南山。

到了高处,女郎回头:

"再见了。"

二小呆呆地站着,远远看见双灯一会儿明,一会儿灭,越来越远,渐渐看不见了,二小好像掉了魂。

这天傍晚,山上的双灯,村里人都看见了。

画　壁

　　有一商队，从长安出发，将往大秦。朱守素，排行第三，有货物十驮，亦附队同行。这十个驮子，装的都是上好的丝绸。"象眼""方胜"，花样新鲜，"海榴""石竹"，颜色美丽。如到大秦，可获巨利。驼队到了酒泉，需要休息。那酒泉水好，要把皮囊灌满，让骆驼也喝足了水。

　　酒泉有一座佛寺，殿宇虽不甚宏大，但是佛像庄严，两壁的画是高手画师手笔，名传远近。朱守素很想去瞻望。他把骆

044

驼、驮子、水囊托付给同行旅伴，径自往佛寺中来。

寺中长老出门肃客。长老内养丰润，面色微红，眉白如雪，着杏黄褊衫，合十为礼，引导朱守素各处随喜，果然是一座幽雅寺院，画栋雕窗，一尘不染。阶前开两帷檐卜，池边冒几束菖蒲。

进了正殿，朱守素慢慢地去看两边画壁，西壁画鬼子母，不甚动人。东壁画散花天女。花雨缤纷，或飘或落。天女皆衣如出水，带若当风，面目姣好，肌体丰盈。有一垂发少女，拈花微笑，樱唇欲动，眼波将流。朱守素目不转睛，看了又看，心摇意动，想入非非。忽然觉得自己飘了起来，如同腾云驾雾，落定之后，已在墙上。举目看看，殿阁重重，极其华丽，不似人间。有一老僧在座上说法，围听的人很多。朱守素也杂在人群中听了一会儿。忽然觉得有人轻轻拉了一下他的衣袖，一回头，正是那个垂发少女。她嫣然一笑，走了。朱守素尾随着她，经过一道曲曲折折的游廊，到了一所精精致致的小屋跟前。朱守素不知这是什么所在，脚下踌躇。少女举起手中花，远远地向他招了招。朱守素紧走了几步，追了上去。一进屋，没有人，上去就把她抱住了。

少女梳理垂衣，穿好衣裳，轻轻开门，回头说："不要咳嗽！"关了门。

晚上，轻轻地开了门，又来了。

这样过了两天。女伴们发觉少女神采变异，叽叽喳喳了一阵，一窝蜂似的闯进拈花少女的屋子，七手八脚，到处一搜，把朱守素搜了出来。

"哈！肚子里已经有了娃娃，还头发蓬蓬的学了处女样子呀，不行！"

女伴们捧了簪环首饰，一起说：

"上头！"

少女含羞不语，只好由她们摆布。七手八脚，一会儿就把头给梳上了。一个胖天女说：

"姐姐妹妹们，咱们别老待着，叫人家不乐意！"——"噢！"天女们一窝蜂似的又都散了。

朱守素看看女郎，云髻高簇，凤鬟低垂，比垂发时更为艳丽，转目流盼，光彩照人。朱守素把她揽在怀里。她浑身兰花香气。

忽然听到外面皮靴踏地，铿锵作响。女郎神色紧张，说：

"这两天金甲神人巡查得很紧，怕有下界人混入天上。我要去就部随班，供养礼佛。你藏在这个壁橱里，不要出来。"

朱守素待在壁橱里，壁橱狭小，又黑暗无光，十分气闷。他听听外面，没有声息，就偷偷出来，开门眺望。

朱守素的同伴吃了烧肉、胡饼，喝了水，一切准备停当，不见朱守素人影，就都往佛寺中走，问寺中长老，可曾见过这样一个人。长老说："见过见过。"

"他到哪里去了？"

"他去听说法了。"

"在什么地方？"

"不远不远。"

长老用手指弹弹画壁，叫道：

"朱守素，你怎么去了偌长时间，你的同伴等你很久了！"

大家一看，画上现出朱守素的像，竖起耳朵，好像听见了。

旅伴大声喊道：

"朱三哥！我们要上路了！你的十驮货物如何处置？要不，给你留下？"

朱守素忽然从墙上飘了下来，双眼恍惚，两脚发软。

旅伴齐问：

"你怎么进到画里去了？这是怎么回事？"

朱守素问长老：

"这是怎么回事？"

长老说："幻由心生。心之所想，皆是真实。请看。"

朱守素看看画壁，原来拈花的少女已经高梳云髻，不再是垂发了。

朱守素目瞪口呆。

"走吧走吧。"旅伴们把朱守素推推拥拥，出了山门。

驼队又上路了。骆驼扬着脑袋，眼睛半睁半闭，样子极其温顺，又似极其高傲，仿佛于人世间事皆不屑一顾。骆驼的柔软的大蹄子踩着沙碛，驼队渐行渐远。

捕快张三

捕快张三，结婚半年。他好一杯酒，于色上寻常。他经常出外办差，三天五日不回家。媳妇正年轻，空房难守，就和一个油头光棍勾搭上了。明来暗去，非止一日。街坊邻里，颇有察觉。水井边、大树下，时常有老太太、小媳妇咬耳朵，挤眼睛，点头，戳手，悄悄议论，嚼老婆舌头。闲言碎语，张三也听到了一句半句，心里存着，不露声色。一回，他出外办差，提前回来了一天。天还没有亮，便往家走。没拐进胡同，远远看见一个人影，从自己家门出来。张三紧赶两步，没赶上。
张三拍门进屋，媳妇梳头未毕、挽了纂，正在掠鬓，脸上淡
淡的。

"回来了？"

"回来了！"

"提早了一天。"

"差事完了。"

"吃什么？"

"先不吃。我问你，我不在家，你都干什么了？"

"开门，搂火，喂鸡，择菜，坐锅，煮饭，做针线活，和
街坊闲磕牙，说会子话，关门，放狗，挡鸡窝……"

"家里没人来过？"

"隔壁李二嫂来看过鞋样子，对门张二婶借过筐笮……"

"没问你这个！我回来的时候，在胡同口仿佛瞧见一个人
打咱们家出去，那是谁？"

"你见了鬼了！吃什么？"

"给我下一碗热汤面，煮两个咸鸡子，烫四两酒。"

媳妇下厨房整治早饭，张三在屋里到处搜寻，看看有什么
破绽。翻开被窝，没有什么。一掀枕头，滚出了一枚韭菜叶赤
金戒指。张三攥在手里。

媳妇用托盘托了早饭进来。张三说："放下。给你看一样
东西。"

张三一张手，媳妇浑身就凉了：这个粗心大意的东西！没有什么说的了，"扑通"一声，跪倒在地："我错了。你打吧。"

"打？你给我去死！"

张三从房梁上抽下一根麻绳，交在媳妇手里。

"要我死？"

"去死！"

"那我死得漂漂亮亮的。"

"行！"

"我得打扮打扮，插花戴朵，搽粉抹胭脂，穿上我娘家带来的绣花裙子袄。"

"行！"

"等会子。"

"行！"

媳妇到里屋去打扮，张三在外屋剥开咸鸡子，慢慢喝着酒。四两酒下去了小三两，鸡子吃了一个半，还不见媳妇出来。心想：真麻烦；又一想：也别说，最后一回了，是得好好捯饬捯饬。他忽然成了一个哲学家，举着酒杯，自言自语："你说这人活一辈子，是为了什么呢？"

一会儿，媳妇出来了：嗬！眼如秋水，面若桃花，点翠插头，半珠押鬓，银红裙袄粉缎花鞋。到了外屋，眼泪汪汪，向张三拜了三拜。

“你真的要我死呀？”

“别废话，去死！”

“那我就去死啦！”

媳妇进了里屋，听得见她搬了一张机凳，站上去，拴了绳扣，就要挂上了。张三把最后一杯酒一饮而尽，“啪嚓”一声，摔碎了酒杯，大声叫道：

“咳！回来！一顶绿帽子，未必就当真把人压死了！”

这天晚上，张三和他媳妇，琴瑟和鸣。夫妻两个，恩恩爱爱，过了一辈子。

按：这个故事见于《聊斋》卷九《佟客》后附“异史氏曰”的议论中。故事与《佟客》实无关系。“异史氏”的议论是说古来臣子不能为君父而死，本来是很坚决的，只因为“一转念”误之。议论后引出这故事，实在毫不相干。故事很一般，但在那样的时代，张三能掀掉“绿头巾”的压力，实在是很豁达，非常难得的。蒲松龄述此故事时语气不免调侃，但字里行间，流露同情，于此可窥见《聊斋》对贞洁的看法。《聊斋》对妇女常持欣赏眼光，多曲谅，少苛求，这一点，是与曹雪芹相近的。

同　梦

　　凤阳士人，负笈远游。临行时对妻子说："半年就回来。"年初走的，眼下重阳已经过了。露零白草，叶下空阶。

　　妻子日夜盼望。

　　白日好过，长夜难熬。

　　一天晚上，卸罢残妆，摊开薄被躺下了。

　　月光透过窗纱，摇晃不定。

窗外是官河。夜航船的橹声咿咿呀呀。

士人妻无法入睡。迷迷糊糊，不免想起往日和丈夫枕席亲狎，翻来覆去折饼。

忽然门帷掀开，进来了一个美人。头上珠花乱颤，系一袭红色披风，笑吟吟地问道：

"姐姐，你是不是想见你家郎君呀？"

士人妻已经站在地上，说：

"想。"

美人说："走！"

美人拉起士人妻就走。

美人走得很快，像飞一样。

（她的披风飘了起来。）

士人妻也走得很快，像飞一样。

她想：我原来能走得这样轻快！

走了很远很远。

走了好大一会儿。美人伸手一指。

"来了。"

士人妻一看：丈夫来了，骑了一匹白骡子。

士人见了妻子，大惊，急忙下了坐骑，问：

"上哪儿去？"

美人说："要去探望你。"

士人问妻子："这是谁？"

妻子没来得及回答，美人掩口而笑说："先别忙问这问那，娘子奔波不易，郎君骑了一夜牲口，都累了。骡子也乏了。我家不远，先到我家歇歇，明天一早再走，不晚。"

顺手指，几步以外，就有个村落。

已经在美人家里了。

有个小丫头，趴在廊子上睡着了。

美人推醒小丫头："起来起来，来客了。"

美人说："今夜月亮好，就在外面坐坐。石台、石榻，随便坐。"

士人把骡子在檐前梧桐树上拴好。

大家就座。

不大会儿，小丫头捧来一壶酒，各色果子。

美人斟了一杯酒，起立致辞：

"鸾凤久乖，圆在今夕，浊醪一觞，敬以为贺。"

士人举杯称谢：

"萍水相逢，打扰不当。"

主客谈笑碰杯，喝了不少酒。

饮酒中间，士人老是注视美人，不停地和她说话，说的都是风月场中调笑言语，把妻子冷落在一边，连一句寒暄的话都没有。

美人眉目传情，和士人应对。话中有意，隐隐约约。

士人妻只好装呆，闷坐一旁，一声不言语。

美人海量，嫌小杯不尽兴，叫取大杯来。

这酒味甜，劲足。

士人说："我不能再喝，不能再喝了。"

"一定要干了这一杯！"

士人乜斜着眼睛，说："你给我唱一支曲儿，我喝！"

美人取过琵琶，定了定弦，唱道：

黄昏卸得残妆罢，

窗外西风冷透纱。

听蕉声，一阵一阵细雨下，

何处与人闲磕牙？

望穿秋水；

不见还家。

潸潸泪似麻。

又是想他，

又是恨他，

手拿着红绣鞋儿占鬼卦。

士人妻心想：这是唱谁呢？唱我？唱她？唱一个不知道
的人？

她把这支小曲全记住了。清清楚楚，一字不落。

美人的声音很甜。

放下琵琶，她举起大杯，一饮而尽。

她的酒劲儿上来了。脸儿红扑扑的，眼睛水汪汪的。

"我喝多了，醉了，少陪了。"

她歪歪倒倒地进了屋。

士人也跟了进去。

士人妻想叫住他，门已经关了，插上了。

"这算怎么回事？"

半天，也不见出来。

小丫头伏在廊子上，又睡着了。

月亮明晃晃的。

"我在这儿待着干什么？我走！"

可是她不认识路，又是夜里。

士人妻的心头被猫抓一样。

她想去看看。

走近窗户，听到里面还没有完事。

美人娇声浪气，声音含含糊糊。

丈夫气喘吁吁，还不时咳嗽，跟往常和自己在一起时一样。

士人妻气得双手直抖。心想：我不如跳河死了得了！

正要走，见兄弟三郎骑一匹枣红马来了。

"你怎么在这儿？"

"你快来，你姐夫正和一个女人做坏事哪！"

"在哪儿？"

"屋里。"

三郎一听，里面还在嘟嘟哝哝说话。

三郎大怒，捡了块石头，用力扔向窗户。

窗棂折了几根。

只听里边女人的声音："可了不得啦，郎君的脑袋破了！"

士人妻大哭：

"我想不到你把他杀了，怎么办呢？"

三郎瞪着眼睛说：

"你叫我来，才出得口恶气，又护汉子，怨兄弟，我不能听你支使！我走了！"

士人妻拽住三郎衣袖：

"你上哪儿去？你带我走！"

"去你的！"

三郎一甩袖子，走了。

士人妻摔了个大跟头。她惊醒了。

"啊，是个梦！"

第二天，士人果然回来了，骑了匹白骡子。士人妻很奇怪，问：

"你骑的是白骡子？"

士人说："这问得才怪，你不是看见了吗？"

士人拴好骡子。

洗脸，喝茶。

士人说："我昨天晚上做了个梦。"

"一个什么样的梦？"

士人从头至尾述说了一遍。

士人妻说："我也做了一个梦，和你的一样，我们俩做了同一个梦！"

正说着，兄弟三郎骑了一匹枣红马来了。

"我昨晚上做梦，姐夫回来了。你果然回来了？——你没事？"

"有人扔了块大石头，正砸在我脑袋上，所幸是在梦里，没事！"

"扔石头的是我！"

三人做了一个梦？

士人妻想：怎么这么巧呀？若说是梦，白骡子、枣红马，又都是实实在在的。这是怎么回事呢？那个披红色披风的美人又是谁呢？

正在痴呆呆地想，窗外官河里有船扬帆驶过，船上有人弹琵琶唱曲，声音甜甜的，很熟。推开窗户一看，船已过去，一角绛色披风被风吹得搭在舱外飘飘扬扬：

　　黄昏卸得残妆罢，

窗外西风冷透纱……

附记：此据《凤阳士人》改写。说是"新主义"，实不新，我只是把结尾改了一下。

明白官

《聊斋志异·郭安》记的是真人真事，不是鬼狐故事，没有任何夸张想象、艺术加工。

孙五粒有个男用人。——孙五粒原名孙秝，后改名珀龄，字五粒。孙之獬之子，孙琰龄之兄，明崇祯六年举人，清顺治三年进士。历任工科、刑科给事中，礼科都给事中，太仆寺少卿，迁鸿胪寺卿，转通政使司左通政使。孙家一门显宦，又是淄川人，和蒲松龄是小同乡。在淄川，一提起孙五粒，是没有人不知道的，因此蒲松龄对他无须介绍。但是外地的后代的人就不知孙五粒是谁了，所以不得不啰唆几句。——这个男用人独宿一室，恍恍惚惚被人摄了去，到了一处宫殿，一看，上面坐的是阎罗王。阎罗看了看这男用人，说："错了！要拿的不是此人。"于是下令把他送回去。回来后，这男用人害怕得不得了，不敢再一个人住在这间屋子里，就换了个地方，住到别处去了。

另外一个用人，叫郭安，正没有地方住，一看这儿有空屋子空床，"行！这儿不错！"就睡下了。大概是带了几杯酒，一睡，睡得很实。

又一个用人，叫李禄。这李禄和那被阎王错勾过的男用人一向有仇，早就想把这小子宰了。这天晚上，他拿了一把快刀，到了空屋里，一看，门没有闩，一摸，没错！咔嚓一刀！谁知道杀的不是仇人，是郭安。

郭安的父亲知道儿子被人杀了，告到当官。

当时的知县是陈其善。

陈其善是辽东人，贡士。顺治四年任淄川县知县。顺治九年，调进京，为拾遗。那么陈其善审理此案当在顺治四至九年，即一六四七至一六五二，距现在差不多三百三十年。

陈其善升堂。

原告被告上堂，陈其善对双方各问了几句话。李禄供认不讳，是他杀了郭安。陈其善沉吟了一会儿，说："你不是存心杀他，是误杀，没事了，下去吧。"郭安的父亲不干了，哭着喊着："就这样了结啦？我的儿子就白死啦？我这多半辈子就这一个儿子，他死了，我靠谁呀？"——"哦，你没有儿子了？这么办，叫李禄当你的儿子。"郭安的父亲说："我干吗要他当我的儿子呀？——我不要，不要！"——"不要不行！退堂！"

蒲松龄说："这事儿奇，不奇在孙五粒的男用人见鬼，而奇在陈其善的断案。"

（汪曾祺按：孙五粒这时想必不在淄川老家，要不然，家里奴仆之间出了这样的事，他总得过问过问。）

济南府西部有一个县，有一个人杀了人，被杀的那人的老婆告到县里，县太爷大怒，出签拿人，把凶犯拘到，拍桌大骂："人家好好的夫妻，你咋竟然叫人家守了寡了呢！现在，就把你配了她，叫你老婆也守寡！"提起朱笔，就把这两人判成了夫妻。

济南府西县令是进士出身。蒲松龄曰："此等明决，皆是甲榜所为，他途不能也。"——这样的英明的判决，只有进士出身的官才做得出，非"正途"出身的县长，是没有这个水平的。

不过陈其善是贡生，不算"正途"，他判案子也这个样子。蒲松龄最后赞叹道："何途无才！"不论由什么途径而做了官的，哪儿没有人才呀！

牛　飞

　　彭二挣买了一头黄牛。牛挺健壮，彭二挣越看越喜欢。夜里，彭二挣做了个梦，梦见牛长翅膀飞了。他觉得这梦不好，要找人详这个梦。

　　村里有仨老头，有学问，有经验，凡事无所不知，人称"三老"。彭二挣找到三老，三老正在丝瓜架底下抽烟说古。三者是甲、乙、丙。

　　彭二挣说了他做了这样一个梦。

甲说："牛怎么会飞呢？这是不可能的事！"

乙说："这也难说。比如说，你那牛要是得了瘴，死了，或者它跑了，被人偷了，你那买牛的钱不是白扔了？这不就是飞了？"

丙是思想最深刻的半大老头，没十分注意听彭二挣说他的梦，只是慢悠悠地说："啊，你有一头牛？……"

彭二挣越想越嘀咕，决定把牛卖了。他把牛牵到牛市上，豁着赔了本，贱价卖了。卖牛得的钱，包在手巾里，怕丢了，把手巾缠在胳臂上，往回走。

走到半路，看见路旁豆棵里有一只鹰，正在吃一只兔子，已经吃了一半，剩下半只，这鹰正在用钩子嘴叼兔子内脏吃，吃得津津有味。彭二挣轻手轻脚走过去，一伸手，把鹰扒住了。这鹰很乖驯，瞪着两只黄眼珠子，看看彭二挣，既不鹐人，也没有怎么挣蹦。彭二挣心想：这鹰要是卖了，能得不少钱，这可是飞来的外财。他把胳臂上的手巾解下来，用手巾一头把鹰腿拴紧，架在左胳臂上，手巾、钱，还在胳臂上缠着。怕鹰挣开手巾扣，便老是用右手把着鹰。没想到，飞来一只牛虻，在二挣颈子后面猛叮了一口，彭二挣伸右手拍牛虻，拍了一手血。就在这工夫，鹰带着手巾飞了。

彭二挣耷拉着脑袋往前走，在丝瓜棚下又遇见了三老，他把事情的经过，前前后后跟三老一说。

三老甲说："谁让你相信梦！你要不信梦，就没事。"

乙说："这是天意。不过，虽然这是注定了的，但也是咎由自取。你要是不贪图外财，不捉那只鹰。鹰怎么会飞了呢？牛不会飞，而鹰会飞。鹰之飞，即牛之飞也。"

半大老头丙曰：

"本无所谓牛不牛，自然也即无所谓飞不飞。无所谓，无所谓。"

老虎吃错人

　　山西赵城有一位老奶奶，穷得什么都没有。同族本家，都很富足，但从来不给她一点周济，只靠一个独养儿到山里打点柴，换点盐米，勉强度日。一天，老奶奶的儿子到山里打柴，被老虎吃了。老奶奶进山哭了三天，哭得非常凄惨。

　　老虎在洞里听见老奶奶哭，知道这是它吃的那人的老母亲，就非常后悔。老虎心想：老虎吃人，本来不错。老虎嘛，天生是要吃人的。如果吃的是坏人——强人，恶人，专门整人的人，那就更好。可是这回吃的是一个穷老奶奶的儿子，真是不应该。我吃了他儿子，她还怎么活呀？老奶奶哭得呼天抢地，老虎听得也直掉泪。

老奶奶哭了三天，愣了一会儿，说："不行！我得告它去。"

老奶奶到了县大堂，高喊："冤枉！"

县官升堂，问老奶奶："告什么人？"

"告老虎！"

"告老虎？"

老奶奶把老虎怎么吃了她的独养儿子，哭诉了一遍。

这位县官脾气倒挺好，笑着对老奶奶说："我是县官，治理一方，我可管不了老虎呀！"

"你不管老虎，只管黄鼠狼？"

衙役们一齐吼叫：

"嚎！不要胡说！"

衙役们要把老奶奶轰下堂，老奶奶死活不走，拍着县大堂的方砖地，又哭又闹。县官叫她闹得没有办法，只好说："好好好，我答应你，去捉这只老虎。"这老奶奶还挺懂衙门里的规矩，非要老爷发下火签拘票不可。县官只好填了拘票，掣出一支火签。可是，叫谁去呀？衙役们你看看我，我看看你，并无一人应声。有一个衙役外号二百五，做事缺心眼，还爱喝酒，这天喝得半醉了，站出来说："我去！"二百五当堂接了火签拘票，老奶奶才走。县官退堂，不提。

二百五回家睡了一觉，酒醒了，一摸枕头旁边的火签拘票："嗯？我又干了什么缺心眼的事了？"二百五的心思，原想做一出假戏，把老奶奶糊弄走，好给老爷解围，没想到这火签拘票是动真格的官法，开不得玩笑的。拘票上批明了限定日期，过期拘不到案犯，是要挨板子的。无奈，只好求老爷派几名猎户陪他一块进山，日夜在山谷里猫着，希望随便捕捉一只老虎，就可以搪塞过去。不想过了一个月，也没捉到一根老虎毛。二百五不知挨了多少板子，屁股都打烂了，只好到东门外岳庙去给东岳大帝烧香跪拜，求东岳大帝庇佑，一边说，一边哭。哭拜完了，转过身，看见一只老虎从外面走了进来。二百五怕老虎吃他，直往后退。咳，老虎进来，往门当中一蹲，一动不动，不像要吃人的样子。二百五夎着胆子，问："是是是你吃了老奶奶奶奶的儿儿儿子吗？"老虎点点头。"是你吃了老奶奶的儿子，你就低下脑袋，让我套上铁链，跟我一起去见官。"老虎果然把脑袋低了下来。二百五抖出铁链，给老虎套上，牵着老虎到了县衙。

县官对老虎说："杀人偿命，律有明文。你是老虎，我能判你个斩立决、绞监候。不过，你吃了老奶奶的独养儿子，叫她怎么生活呢？这么着吧，你如果能当老奶奶的儿子，负责赡养老人，我就判你个无罪释放。"老虎点点头。

县官叫二百五给它松了铁链，老虎举起前爪冲县官拜了一拜，走了。

老奶奶听说县官把老虎放了，气得一夜睡不着。天亮开门，看见门外躺着一头死鹿。老奶奶把鹿皮鹿肉鹿角卖了，得了不少钱。从此，隔个三五天，老虎就给老奶奶送来一头狍子、一头獐子、一头麂子。老奶奶知道老虎都是天不亮送野物来，就开门等着它。日子长了，就熟了。有时老虎来了，老奶奶就对老虎说："儿，你累了，躺下歇会儿吧。"老虎就在房檐下躺下。人在屋里躺着，虎在屋外躺着，相安无事。

街坊邻居知道老奶奶家躺着老虎，都不敢进来，只有二百五敢来。他和老虎混得很熟，二百五跟它说点什么，老虎能懂。老虎心里想什么，动动爪子，摇摇尾巴，二百五也能明白。

老奶奶攒了不少钱，都放在一口白木箱子里。老奶奶对老虎说："这钱是你挣的！"老虎笑了，点点头。

老奶奶死了。

二百五来了，老虎也来了。

老虎指指那口白木箱，示意二百五抱着。二百五不知道要他去干什么。老虎咬着他的衣角，走到一家棺材铺，指指。二百五明白了，它要给老娘买口棺材。二百五照办了。老虎又咬着二百五的衣角，二百五跟着它走。走到一家泥瓦匠门前，老虎又指指。二百五明白了，它要给老娘修一座坟。二百五也照办了。

老虎对二百五拱拱前爪，进山了。

箱子里还剩不少钱，二百五不知道怎么处置，除了给自己买一瓶汾酒，喝了，其余的就原数封存在老奶奶的屋里。

老奶奶安葬时倒很风光，同族本家：小叔子、大伯子、八侄儿、九外甥披麻戴孝，到坟墓前致礼尽哀。致礼尽哀之后，就乱打了起来。原来他们之所以来，是知道老奶奶留下不少钱，来议论如何瓜分的。瓜分不均，于是动武。

正打得难解难分，听得"呜——嗷"全都吓得四散奔逃：老虎来了。老虎对这些小叔子、大伯子、八侄儿、九外甥，每一个都尽到了礼数，平均对待，在每个人腿上咬了一口。

剩下的钱做什么用处呢？二百五问老虎。老虎咬着他的衣角，到了一家银匠铺，指指柜橱里挂着的长命锁。

"你，要，打，一，副，长，命，锁？"

老虎点点头。

"锁上錾什么字？——'长命百岁'？"

老虎摇摇头。

"那么，'永锡遐昌'？"

老虎摇摇头。

"那錾什么字？"

老虎比画了半天，二百五可作了难，左思右想，豁然明白了，问老虎：

"给你錾四个字：'专吃坏人'？"

071

老虎连连点头。

银匠照式做好。二百五给老虎戴上。

"呜嗬"一声，老虎回山了。

从此，凡是自己觉得是坏人的人，都不敢进这座山。

人变老虎

太原向杲，不好学文，而好习武，为人仗义，爱打抱不平，和哥向晟感情很好。向晟是个柔弱书生。但因为有这样一个弟弟，在地方上也没人敢欺负他。

向晟和一个妓女相好。这个妓女名叫波斯，长得甭提多好看了。向晟想娶波斯，波斯也愿嫁向晟，只是因为波斯的养母要的银子太多，两人未能如愿。一年两年，波斯的养母年纪也大了，想要从良，要从良，得把波斯先嫁出去。有个庄公子，有钱有势，不但在太原，在整个山西也没人敢惹他。庄公子一向也喜欢波斯，愿意纳她为妾，养母跟波斯商量。波斯说："既是想一同跳出火坑，就该一夫一妻地过个正经日子。这就是离了地狱进天堂了。若是做一房妾，那跟当妓女也差不了一萝卜皮，我不愿意。"——"那你的意思？"——"您要是还疼我，肯随我的意，那我嫁向晟！"养母说："行！我把身价银子往下压压。"养母把信儿透给向晟，向晟竭尽家产，把波斯聘了回来。新婚旧好，恩爱非常。

庄公子听说波斯嫁了向晟，大发雷霆。一来，他喜欢波斯；二来，一个穷书生夺了他看中的人，他庄公子的面子往哪儿搁？一天，庄公子骑着高头大马，带领一帮家丁，出城行猎。家丁一只手拿着笛竿吹管，另一只手提着马棒——驱赶行人给公子让路。浩浩荡荡，好不威风。将出城门，迎面碰见向晟。庄公子破口大骂：

"向晟，你胆敢娶了波斯，你问过我吗？"

"我愿娶，她愿嫁，与别人无干。"

"你小子配吗？"

"我家世世代代，清清白白，咋不配？"

"你小子还敢犟嘴！"

喝令家丁："给我打！"

家丁举起马棒，把向晟打得头破血流，鼻青脸肿。抬回家来，只剩一口气。

向杲听到信，赶奔到哥哥家里，向晟已经断气，新嫂子波斯伏在尸首上大哭。

向杲写了状子，告庄公子。县署府衙，级级上告。不想县尊府尹全都受了庄家的贿赂，告他不倒。

向杲跪倒在向晟灵前，说："哥哥，兄弟对不起你！"

波斯在一旁，说：

"这仇，咱们就这么咽下去了？你平时行侠仗义的，怎么竟这样没有能耐！我要是男子汉，我就拿把刀宰了他！"向杲眼珠子转了几转，一跺脚，说："嫂子，你等着！我要是不把这小子的脑袋切下来，我就再不见你的面！"

向杲揣了一把蘸了见血封喉的毒药的匕首，每天藏伏在山路旁边的葛针棵里，等着庄公子。一天两天，他的行迹渐渐被人识破，于是庄公子每次出来，都多带家丁护卫，又请了几位出名的武师当保镖，照样耀武扬威，出城打猎。而且每到林莽丛杂之处，还要大声叫阵：

"向杲，你想杀我，有种的，你出来！"

向杲肺都气炸了，但是，无计可施。他还是每天埋伏，等待机会。

一天，山里下了暴雨，还夹着冰雹，打得向杲透不过气。不远处有一破破烂烂的山神庙，向杲到庙里暂避。一进门，看见神庙后的墙上画着一只吊睛白额猛虎，向杲大叫：

"我要是能变成老虎就好了！"

"我要是能变成老虎就好了！"

"我要是能变成老虎就好了！"

喊着喊着，他觉得身上长出毛来，再一看，他已经变成一只老虎。向呆心中大喜。

过不两天，庄公子又进山打猎。向呆趴在山洞里，等庄公子的人马走近，突然蹿了出来，扑了上去，一口把庄公子的脑袋咬下来，咔嚓咔嚓，嚼得粉碎，然后"呜嗥"一声，穿山越涧而去，倏忽之间，已无踪影。

向呆报了仇，觉得非常痛快，在山里蹦蹦跳跳，倒也自在逍遥。但是他想起家中还有老婆孩子，我成了老虎，他们咋过呀？而且他非常想喝一碗醋。他心想：不行，我还得变回去，我还得变回去，我还得变回去。想着想着，他觉得身上的毛一根一根全都掉了。再一看，他已经变成一个人了，他还是向呆。只是做了几天老虎，非常累，浑身没有一点力气。

向呆摇摇晃晃，扶墙摸壁，回到自己家里。进了门，到柜橱里搬出醋缸子，咕嘟咕嘟喝了一气，然后往床上一躺。

家里人正奇怪，他失踪了好多天，上哪儿去了？问他，他说不出话，只摆摆手，接着就呼呼大睡。

一连睡了三天。

波斯听说兄弟回来了，特地来看看，并告诉他，庄公子脑袋被一只老虎咬掉了。向呆叫家里人关上门，悄悄地说："老虎是我。我变的。千万不敢说出去！可不敢！"

日子久了，向杲有个小儿子，跟他的小伙伴们说："庄公子的脑袋是我爸爸咬掉的。"

庄公子的老太爷知道了，写了一张状子，到县衙告向杲，说向杲变成老虎，咬掉他儿子的脑袋。县官阅状，觉得过于荒诞，不予受理。

樟柳神

（出《夜雨秋灯录》）

张大眼是个催租隶。这天，把租催齐了，要进城去完秋赋。这时正是秋老虎天气，为了赶早凉，起了个五更。懵懵懂懂，行了一气，到了一处，叫作秋稼湾，太阳上来了，张大眼觉得热起来。看了看，路旁有一户人家，茅草屋，门关着。看样子，这家主人还在酣睡未起。门外搭着个豆花棚，为的是遮阴。豆花棚牵拉过来，接上了几棵半大柳树，下面有一条石凳，干干净净的。一摸，潮乎乎的，露水还没干，掏出条手巾来擦了擦。

"歇会儿呗！"

张大眼心想：这会儿城门刚开，进城的，出城的，人多。等乱劲儿过去了，再说。好在离城也不远了。

"抽袋烟！"

嚓嚓嚓，打亮火石，点着火绒，咝——吸了一口："嗨，好烟！"

张大眼正在品烟，听到有唱歌的声音。声音挺细，跟一只小秋蝈蝈似的。听听，唱的是什么？

郎在东来妾在西

少小两个不相离

自从接了媒红订

朝朝相遇把头低

低头莫碰豆花架

一碰露水湿郎衣

嗯？

张大眼听得真真的，有腔有字。是怎么回事？

张大眼四处这么一找：是一个小小婴儿，两寸来长，眉清目秀，唇红齿白。穿一个红兜兜，光着屁股，笑嘻嘻的。在豆花穗上一趔一趔地跳。张大眼再一看，原来这小人儿的颈子上拴着一根头发丝，头发丝扣在豆花棚缝里的芦苇秆上，他跑不了，只能一趔一趔地跳。张大眼心想：这是个樟柳神！他看看路边的茅屋：一定有个会法术的人在屋里睡觉，昨天晚上把樟柳神拴在这儿，让他吃露水。张大眼听说过樟柳神，这一定就是！他听说过，樟柳神能未卜先知，有什么事将要发生，他能预料到。捉住他，可以消灾免祸。于是张大眼掐断了头发丝，把樟柳神藏在袖子里，让他在手腕上待着。

樟柳神不肯老实待着，老是一蹦一蹦的。张大眼就把他取出来，放在斗笠里，戴在头上。这一下，樟柳神安生了，不蹦了，只是小声地说话：

张大眼，

好大胆，

捉住咱，

一千铜钱三十板

张大眼想：这才是没影子的事！钱粮如数催齐，我身无过犯，会挨三十板？不理他！他把斗笠按了按，低着头唔唔唔唔往回走。

不想刚进城，听得一声大喝：

"拿下！"

张大眼瞪着两只大眼。

原来这天是初一，县官王老爷出城到东岳庙行香。张大眼早晨起早了，懵里懵懂，一头撞在喝道的锣夫的身上，把锣夫撞了个四仰八叉，哐当一声，锣也甩出去老远。王老爷推开轿帘，问道："什么人？"衙役们七手八脚把张大眼摁倒在地。张大眼不知道咋的，一句话也说不出来，只是不停地喘气，大汗珠子直往下掉。"看他神色慌张，必定不是好人！来！打他三十板！"衙役褪下张大眼的裤子，张大眼趴在大街上，哈哈大笑。"你笑什么？打你屁股，你不怕疼，还笑？"张大眼说："我早知道今天要挨三十个板子。"——"你怎么知道？"张大眼于是把他怎么催租，怎么路过秋稼湾，怎么在豆花棚上看到一个樟柳神，樟柳神是怎么怎么说的，一五一十，说了个备细。

"你有樟柳神？"

"有。"

"呈上来！"

县太爷把樟柳神放在轿子里的扶手板上，樟柳神直跟他点头招手，笑嘻嘻的。

"樟柳神归我了。来，赏他——你叫什么？"

"张大眼。"

"赏张大眼一千铜钱！"

"禀老爷，樟柳神爱在斗笠里待着。"

081

"那成，我让他待在我的红缨大帽里！——起轿！"

"喳！"

王老爷得了樟柳神，心想：这可好了，我以后审案子，不管多么疑难，只要问他，是非曲直，一问便知。我一向有些糊涂，从今以后，清如水，明如镜，这锦绣前程嘛，是稳拿把掐的了！

于是每次升堂，都在大帽里藏着樟柳神，不想樟柳神一声不言语。

王老爷退堂，问樟柳神：

"你怎么不说话？"

樟柳神说：

老爷去审案，

按律秉公断。

问我樟柳神，

要你做什么？——吃饭？

当县官的，最关心的是官场的浮沉升降，乃至变法维新，国家大事。王老爷对自己的进退行止，拿不定主意，就请问樟柳神。樟柳神说：

大事我了然，

就是不说破。

问我为什么，

我也怕惹祸。

"你是神，你还怕惹祸？"

"瞧你说的，神就不怕惹祸？神有神的难处。"

樟柳神倒也不闲着，随时向王老爷报一些事。

一早起来，说：

清早起来雾漫漫，

黑鸡下了个白鸡蛋。

到了前半晌，说：

黄牛角，

水牛角，

牛打架，

角碰角。

快到中午了，说：

一个面铺面冲南，

　　三个老头来吃面。

　　一个老头吃半斤，

　　三个老头吃斤半。

　　到了夜晚，王老爷困得不得了，摘下了大帽，歪靠在榻上，迷迷糊糊地睡着了。听见樟柳神在大帽里又蹦又唱：

　　唧唧唧，啾啾啾，

　　老鼠来偷油。

　　乒乒乓乓——噗，

　　刺溜！

　　王老爷一激灵，醒了。

　　"乒乒乓乓？"

　　"猫来了，猫追老鼠。"

　　"噗？"

　　"猫追老鼠，碰倒了油瓶，噗！"

　　"刺溜？"

　　"老鼠跑了。"

　　樟柳神老是在王老爷耳朵根底下说这些没盐少醋的淡话，没完没了，弄得王老爷实在烦得不行，就从大帽下面把他捏出来，摔到窗外。

不想，一会儿就又听到了帽子底下一趄一趄地蹦。老爷掀开大帽：

"你怎么又回来啦？"

"请神容易送神难。"

"你是不是要跟着我一辈子？"

"那没错。"

附记：宣鼎，字瘦梅，安徽天长人，生活于同光间，曾在我的故乡高邮住过，在北市口开一家书铺，兼卖画。我的祖父曾收得他的一幅条山。《夜雨秋灯录》是他的主要的笔记小说。也许因为他是高邮隔湖邻县的文人，又在高邮住过，所以高邮人不少看过他的这本书。《夜雨秋灯录》的思想平庸，文笔也很酸腐，只有这篇《樟柳神》却很可喜，樟柳神所唱的小曲尤其清新有韵致。于是想起把这篇东西用语体文重写一遍。前面一部分基本上是按原文翻译，结尾则以己意改作。这样的改变可能使意思过于浅露、少蕴藉了。

名士和狐仙

　　杨渔隐是个怪人。怪处之一，是不爱应酬。杨家在县里是数一数二的高门望族，功名奕世，很是显赫。杨渔隐的上一代曾经是一门三进士，实属难得。杨家人口多，共八房。杨家子弟彼此住得很近，都是深宅大院。门外有石鼓，后园有紫藤、木香。他们常来常往，遇有年节寿庆，都要相互宴请。上一顿的肴核才撤去，下顿的席面即又铺开。照例要给杨渔隐送一回"知单"，请大爷过来坐坐（杨渔隐是大房），杨渔隐抓起笔来画了一个字——"谢"，意思是不去。他的堂兄堂弟知道他的脾气，也不再派人催请。杨渔隐住的地方比较偏僻，地名大淖大巷。一个小小的红漆独扇板扉，不像是大户人家的住处。这是个侧门，想必是另有一座大门的，但是大门开在什么方向，却很少人知道。便是这扇侧门也整天关着，好像里面没有住人。只有厨子老王到大淖挑水，老花匠出来挖河泥（栽花用），女用人小莲子上街买鱼虾菜蔬，才打开会儿。据曾经向门里窥探过的人说，这座房子外面看起来很朴素，里面的结构装修却是很讲究的，而且种了很多花木。杨渔隐怎么会住到这么个地方来？也许这是祖上传下来的一所别业，也许是杨渔隐自己挑中的，为了清静，可以远离官衙闹市。

杨渔隐很少出来，有时到南纸店去买一点纸墨笔砚，顺便去街上闲走一会儿，街坊邻居就可以看到"大太爷"的模样。他长得微胖，稍矮，很结实，留着一把乌黑的浓髯，双目炯炯有神。

杨渔隐不爱理人，有时和一个邻居面对面碰见了，连招呼都不打一个。因此一街人都说杨渔隐架子大，高傲。这实在也有点冤枉了杨渔隐，他根本不认识你是谁！

杨渔隐交游不广，除了几个作诗的朋友，偶然应渔隐折简相邀，到他的书斋里吟哦唱和半天，是没有人敲那扇红漆板扉的。

杨渔隐所做的一件极大的怪事，是他和女用人小莲子结了婚。

　　这地方把年轻的女用人都叫作"小莲子"。小莲子原来是伺候杨渔隐夫人的病的。杨渔隐的夫人很喜欢她，一见面就觉得很投缘。杨渔隐的夫人得的是肺痨，小莲子伺候她很周到，给她煎药、熬燕窝、煮粥。杨夫人没有胃口，每天只能喝一点晚米稀粥，就一碟京冬菜。她在床上躺了三年，一天不如一天。她知道没有多少日子了，就叫小莲子坐在床前的机凳上，跟小莲子说："我不行了。我死后，你要好好照顾老爷。这样我就走得放心了。我在地下会感激你的。"小莲子含泪点头。

　　杨夫人安葬之后，小莲子果然对杨渔隐伺候得很周到。每次换季，单夹皮棉，全都准备好了。冬天床上铺下厚厚的稻草，夏天换了凉席。杨渔隐爱吃鱼，小莲子很会做鱼。鳊、鲦，清蒸、氽汤，不老不嫩，火候恰到好处。

　　日长无事，杨渔隐就教小莲子写字（她原来跟杨夫人认了不少字），小字写《洛神赋》，教她读唐诗，还教她作诗。小莲子非常聪明，一学就会。杨渔隐把小莲子的窗课拿给他的作诗的朋友看，他们都大为惊异，连说："诗很像那么回事，小楷也很娟秀，真是有夙慧！夙慧！"

　　杨渔隐经过长期考虑，跟小莲子提出，要娶她。"你跟我那么久，我已经离不开你；外人也难免有些闲话。我比你大不少岁，有点委屈了你。你考虑考虑。"小莲子想起杨夫人临终的嘱咐，就低了头说："我愿意。"

把房屋裱糊了一下，请诗友写几首催妆诗，贴在门后，就算办了事。杨渔隐请诗友们不要把诗写得太"艳"，说："我这不是扶正，更不是纳宠，是明媒正娶地续弦，小莲子的品格很高，不可亵玩。"

杨渔隐娶了小莲子，在他们亲戚本家、街坊邻居间掀起了轩然大波。他们认为这简直是岂有此理！这是杨渔隐个人的事，碍着别人什么了？然而他们愤愤不平起来，好像有人踩了他的鸡眼。这无非是身份门第间的观念作怪。如果杨渔隐不是和小莲子正式结婚，而是娶小莲子为妾，他们就觉得这可以，这没有什么，这行！杨渔隐对这些议论纷纷、沸沸扬扬，全不理睬。

杨渔隐很爱小莲子，毫不避讳。他时常搀着小莲子的手，到文游台凭栏远眺。文游台是县中古迹，苏东坡、秦少游诗酒流连的地方，西望可见运河的白帆从柳树梢头缓缓移过。这地方离大淖很近，几步就到了。若遇到天气晴和，就到西湖泛舟。有人说："这哪里是杨渔隐，这是《儒林外史》里的杜少卿！"

杨渔隐忽然得了急病。一根筷子掉到地上，他低头去捡，一头栽下去就没有起来。

小莲子痛不欲生，但是方寸不乱，她把杨渔隐的过继侄子请来，商量了大爷的后事。根据杨渔隐生前的遗志，桐棺薄殓，送入杨氏祖茔安葬，不在家里停灵。

送走了大爷，小莲子觉得心里空得很。她整天坐在杨渔隐的书房里，整理大爷的遗物：藏书法帖、古玩字画，蕉叶白端砚、田黄鸡血图章，特别是杨渔隐的诗稿，全部装订得整整齐齐，一首不缺。

小莲子不见了！不知道她是什么时候走的。厨子老王等了她几天，也不见她回来。老花匠也不见了。老王禀告了杨渔隐的过继侄儿，杨家来人到处看了看，什么东西都井井有条，一样不缺。书桌上留下一把泥金折扇，字是小莲子手写的。"奇怪！"杨家的本家叔侄把几扇房门用封条封了，就带着满脸的狐疑各自回家。厨子老王把泥金扇偷偷掖了起来，倒了杯酒，反复看这把扇子，他也说："奇怪！"

老王常在晚上到保全堂药铺找人聊天。杨家出了这样的事，他一到保全堂，大家就围上他问长问短。老王把他所知道的一五一十都说了，还把那把折扇拿出来给大家看。

座客当中有一个喜欢掰话的张汉轩，此人走南闯北，无所不知，是个万事通。他把小莲子写的泥金折扇放在手里翻来覆去地看，一边摇头晃脑，一边说："好诗！好字！"大家问他："张老，你对杨家的事是怎么看的？"张汉轩慢条斯理地说："他们不是人。""不是人？"——"小莲子不是人。小莲子学作诗，学写字，时间都不长，怎么能得如此境界？诗有点女郎诗的味道，她读过不少秦少游的诗，本也无足怪。字，是至玉版十三行，我们县能写这种字体的小楷的，没人！老花

匠也不是人。他种的花别人种不出来。牡丹都起楼子①，荷花是
'大红十八瓣'，还都勾金边，谁见过？"

"他们都不是人，那，是什么？"

"是狐仙——谁也不知道他们是从哪里来的，又向何处去
了。飘然而来，飘然而去，不是狐仙是什么？"

"狐仙？"大家对张汉轩的高见将信将疑。

小莲子写在扇子上的诗是这样的：

> 三十六湖蒲荇香，
>
> 侬家旧住在横塘，
>
> 移舟已过琵琶闸，
>
> 万点明灯影乱长。

这需做一点解释。高邮西边原有三十六口小湖，后来汇
在一处，遂成巨浸，是为高邮湖。琵琶闸在南门外，是一个
码头。

---

① 花上再开花。

鹿井丹泉

"鹿井丹泉"是"秦邮八景"中的一景，遗址在今南石桥南。

有一少年比丘，名叫归来，住在塔院深处，平常极少见人。归来仪容俊美，面如朗月，眼似莲花，如同阿难——阿难在佛弟子中俊美第一。归来偶或出寺乞食，游春士女有见之者，无不赞叹，说："好一个漂亮和尚！"归来饮食简单，每日两粥一饭，佐以黄蒿苦荬而已。

出塔院门，有一花坛，遍植栀子。花坛之外为一小小菜园。菜园外即为荆棘草丛，苍茫无际，并无人烟。花坛菜圃之间有一石栏方井，井栏洁白如玉，水深而极清，归来每天汲水浇花灌园。

当归来浇灌之时，有一母鹿，恒来饮水。久之稔熟，略无猜忌。

一日，归来将母鹿揽取，置之怀中，抱归塔院。鹿毛柔细温暖，归来不觉男根勃起，伸入母鹿腹中。归来未曾经此况味，觉得非常美妙。母鹿亦声唤嘤嘤，若不胜情。事毕之后，彼此相看，不知道他们做了一件什么事。

不久，母鹿胸胀流奶，产下一个女婴。鹿女面目姣美，略似其父，而行步姗姗，犹有鹿态，则似母亲。一家三口，极其亲爱。

事情渐为人知，嘈嘈杂杂，议论纷纷。

当浴佛日，僧众会集，有一屠户，当众大声叱骂：

"好你个和尚！你玩了母鹿，把母鹿肚子玩大了，还生下一个鹿女！鹿女已经十六岁，你是不是也要玩她？你把鹿女借给弟兄们玩两天行不行？你把鹿女藏到哪里去啦？"

说着以手痛掴其面，直至流血。归来但垂首趺坐，不言不语。

正在众人纷闹、营营訇訇，鹿女从塔院走出，身着轻绡之衣，体披璎珞，至众人前，从容言说：

"我即鹿女。"

鹿女拭去归来脸上血迹，合十长跪。然后姗姗款款，走出塔院之门，走入栀子丛中，纵身跃入井内。

众人骇然，百计打捞，不见鹿女尸体，但闻空中仙乐飘飘，花得不散。

当夜归来汲水澡身讫，在栀子丛中累足而卧。比及众人发现，已经圆寂。

按：此故事在高邮流传甚广，故事本极美丽，但理解者不多。传述故事者用语多鄙俗，屠夫下流秽语尤为高邮人之奇耻。因此改写。

一九九五年春节

喜　神

喜神即画像，这大概是宋朝人的说法。钱大昕《竹汀先生日记抄》："读宋伯仁《梅花喜神图》……凡百图，图后五言绝一首，题曰'喜神'，盖宋时俗语。以写像为喜神也。"钱说未必准确。喜神我们那儿现在还有这说法。宋伯仁画梅，只是取其神韵，"喜神"是诗意化了的说法，是从人像移用的。除了宋伯仁，也没有听说过称花卉图为喜神的。

作为人像的喜神图有两种，一种是生活像，即行乐图。

袁枚《随园诗话》谓："古无小照。起于汉武梁祠画古贤烈女之像。而今则庸夫俗子皆有一行乐图矣。"行乐图与武梁祠画像，恐怕没有直接关系，袁枚盖亦揣测之词。自画或请人画小像，当起于唐宋，苏东坡即有小像。明清以后始盛行。"庸夫俗子皆有一行乐图矣"，是对的。我的外祖父即有一行乐图，是一横披。既是"行乐"，大都画得很闲适，外祖父的行乐图就是这样，他坐在一丛竹子前面的石头上，手持一卷书，样子很潇洒。其实我的外祖父是个很古板严厉的人，我没有看见过他坐在丛竹前的石头上，并且他从来不看一本书。

比行乐图更多见的喜神是遗像，北京人叫作"影"。画遗像的是专门的画匠，他们有一套特殊的技法。病人垂危，家里人就会把画匠请来。画匠端详着病人，用一张纸勾出他的脸型粗略的轮廓线条。回家在一张挖出一个椭圆的宣纸的椭圆处用淡墨画出像主的头像的初稿。照例要拿了初稿到"本家"去征求死者亲属的意见。意见总是有的，额头窄了、颧骨高了、人中长了……最挑剔的大都是姑奶奶。画匠把初稿拿回去，换一张新纸，勾了墨色较深的单线，敷出淡淡的肤色，"喜神"的头部就算完成。中国的传真画像的画师有一套秘传的"百脸图"，把人的面部经过分析，定出一百种类型，画像时选定一种，对着真人，斟酌加减，画出来总是相当像的。我们县城里画像画得最好的是管又萍，他的画价也最贵。

"开脸"之后，画穿戴。男的是补褂朝珠，颜色是一样的，只有顶子不能乱画。大红顶子、金顶子，不能乱来。常见的喜神上的顶子多半是蓝顶子、水晶顶子，因为这是不大的功名。女的则一律是凤冠霞帔。这有点奇怪，男女时代不同。喜神上的老爷是清装——袍套，太太则是明代的服装——凤冠霞帔是明代服装。据说这跟洪承畴的母亲有关，洪母忠于明室，死后顺治特许以明代命妇服装盛殓。以后就将此制度延续了下来。顺治开国，为了笼络人心，所颁圣谕或者可信。

画穿戴是很费工的，要画得很细致。曾见过一篇谈齐白石的文章，说他画的像能透过纱套，看得见里面袍子上的团龙。其实这是所有的画匠都能做得到的，只要不怕麻烦。

管又萍画像只管"开脸"，画穿戴都交给了徒弟。他有两个徒弟，都是哑巴，他们也能"开脸"，只是不那么传神。

管又萍病重，自知不起，他叫两个徒弟给他画一张像。徒弟画好了，他看了看，叫徒弟拿一面镜子、一支笔来，他对着镜子看了看，在徒弟画的像上加了两笔，传神阿堵，颊上三毫，这张像立刻栩栩如生，神气活现。

管又萍放下画笔，咽了气。

丑　脸

　　这四位略有资财，但在城里算不上绅士大户，因此对绅士大户很巴结。大户人家有事，婚丧寿庆，他们必定是礼到人到，从不缺席。他们和绅士大户多少都能拉扯一点亲戚关系，叙起来却好像是至亲。他们来了，气氛就活跃起来，很多人都愿意看他们一眼，然后抿嘴而笑。有时他们凑一桌麻将，来看一眼，抿嘴笑着走开的人更多。女眷们伸了脑袋，尽情地看够，然后跑到对面廊子上放声大笑，笑得上气不接下气，笑得直揉肚子，嘴里还要不停地乱叫："哎哟哎哟……"

这四位长得奇丑。他们长了四张丑脸。

第一位是驴脸。这没有太特别处，只是特别长而已。

第二位，女眷们叫他"瓢把子脸"，是说他的额头大，且光滑无毛，下巴又有点向外兜。

第三位是"磨刀砖脸"，是说脸狭长，上下都有点翘，而当中是个凹脸心。

第四位最特别，是一张"鞋拔子脸"。鞋拔子后来很少见到了，当初是常见的。那会穿鞋时兴狭小，得用鞋拔子拔，用手是拔不上去的。"鞋拔子脸"是什么样的呢？没有看过的，想象不出，但是一看见这张脸，就觉得真像！这不知道是哪一位尖嘴促狭的少奶奶想出来的！

这四位相继去世了。前后脚。

人总要死的，不论长了一张什么脸。

公冶长

公冶长懂鸟语。

一天，几只乌鸦在树上对公冶长说：

"公冶长，公冶长，南山有只虎拖羊。你吃肉，我吃肠。"

公冶长到南山看，果然有只虎拖羊，他把羊装在筐筐里拖了回去，给乌鸦什么也没有留下。

过了几天，乌鸦又对公冶长说：

"公冶长，公冶长，南山又有虎拖羊。你吃肉，我吃肠。"

公冶长赶到南山，什么也没有，树下躺着一具死尸。公冶长抽身想走，走出几个差人，把公冶长打了一顿。

公冶长无法分辩，也说不清楚，只好咬着牙挨打。这是一桩无头官司，既无"苦主"，也无见证。民不告，官不理，过了一阵，也就算过去了。公冶长白白挨了一顿打。从此公冶长再也不提他懂鸟语，他说：

"人话我都听不懂，懂得什么鸟语！"

钓鱼巷

　　程进生有异相，能"纳拳于口"——把自己的拳头塞进自己的嘴里。有人说这是福相，他自己也以此为荣。他的同学可不管他福相不福相，给他起了外号：大嘴丫头，大嘴就大嘴吧，还要叫"丫头"！他哪点像丫头？他长得很壮实，一脸的"颗子"——青春痘。

　　他初中已经毕业，暑假后考高中。因为温习功课，看"升学指南"，演算有名的高中历届的入学试题，要专心，要清

102

静，他从上堂屋原来的卧房搬到花园西侧一间书房里来住。书房西边是一溜四扇玻璃窗，窗外是一个花坛，种了三棵丁香。玻璃窗总是开着，程进常由这里出入，跳进来，跳出去。书房东边的房门闩了，没有人来打搅，他就在里面头悬梁，锥刺股。

他的弟弟程伟也搬到花园里来住，在书房对面的小客房里。

程家共有三房。大爷即程进和程伟的父亲。"废科举改学堂"之后，他读过旧制中学，现在在家享福，经营他的田产。他一心想开矿发财，他认为只有开矿才能发大财。

二爷早故。

三爷是个画家，他认为大哥的想法很可笑：你那点家产就想开矿？再说咱这里也没有什么矿！到外地去开？开矿是那么简单的事吗？

三爷两度丧妻，现在续娶的是第三位。是邳伯棣的人，姓邳。邳家是大地主。邳氏夫人的母亲死得早，邳小姐从小娇生惯养。她嫁过来时从娘家带过两个随身的女用人。邳伯棣的人不知道为什么把女用人都叫成姓高。这两个女用人一个被叫成小高，一个叫大高。小高贴身伺候大小姐。大高做比较粗的活，拆洗被褥幔帐，倒马桶……小高娇小玲珑，大高比较高大。小高还没有人家；大高结过婚，不到一年，去年，丈夫死了。小姐出嫁，带个岁数不大的寡妇，有人家是要忌讳的。这

103

事请示过程家的大姑奶奶。大姑奶奶知道邰小姐用惯了大高，离不开她，邰小姐特别爱干净，被褥不是大高洗，她不放心，想了想，就说："让她带过来吧！"

大高怕热，爱出汗。一天要用凉水抹几次身。晚上，要洗一次澡。在花园里，打满一澡盆水，在别人都已经睡下的时候，闩了花园到正屋的六角门，哗啦哗啦大洗一次。擦干后躺在竹床上乘凉，四仰八叉，一丝不挂。用一个芭蕉扇赶蚊子，小声唱"牌经"（这地方打麻将出牌报牌兴唱"牌经"），"牌经"大都很"花"，比如打出一张白板，就唱：

"白笃笃的奶子粉撮撮的腰……"

大高唱这样的"牌经"，似乎是对自己的赞美。

直到露水下来了，她全身凉透了，才开了六角门回屋睡觉。

大高乘凉时，程进透过书房的西窗偷偷地往外看她，看得目瞪口呆。

程进睡得迷迷糊糊的，感觉到旁边好像有一个光溜溜的女人身子，光滑细腻……

程伟起来小便，听到哥哥书房里有一种奇怪声音，他走近听听：两个人在喘气。他轻手轻脚，绕到丁香花下往里看，月光如水："哈！你们！给你告妈！"

程进的妈觉得这件事不好办。大嫂子怎么和三嫂子（这地方妯娌之间彼此称呼都是"嫂子"，不兴叫弟媳）去说这种事呢。想了想，还是得把大姑奶奶请回来。

大姑奶奶在家中照例是很有权威的。程家姊弟中，她最年长，比程进的父亲还大一岁，程家的事她做得一半主。

大姑奶奶和三弟媳谈了谈，说大高不宜在这个门里待下去了，传出去不好。

三少奶奶找小高问了问：大高每天几时进花园洗澡，什么时候回屋。三少奶奶跟三少爷商量了一下，拿二十块钱给大高，又拣了十几件八九成新的自己穿过的衣裳，打了一个包袱，叫小高送大高搭船回邳家，有什么话以后再说。大高明白事情瞒不住，跟大小姐说了声："大小姐，我走了。"擦擦眼泪，走了。

程进考进了南京私立东方中学。南京私立中学不少，名声都不大好。"要偷人，进惠文；吊儿郎当进东方"。惠文是女中，个别女生生活上是不大检点，"偷人"不如流言所说的那样普遍。东方的学生大都是公子哥儿，纨绔子弟。他们很少正经读书，整天在外面吃喝玩乐。到玄武湖划船，打弹子，跳舞——南京中学生很多人会跳踢踏舞，吃女招待。"女招待，真不赖，吃三毛，给一块。"有人甚至荒唐到把妓女弄到宿舍里过夜。

南京妓女很多。她们一眼就看得出来，都在旗袍上襟别一个粉红色的赛璐珞小桃花徽章。有的女学生不知就里，觉得这很好看，也到百货公司买一个来戴，后来才知道这是妓女的标志！

堂堂国府所在，为什么要容纳这么多妓女，而且都让她们戴上小徽章？答曰：有此必要，这对维持社会秩序稳定大有好处，让她戴上"桃花章"，可以区别良莠，且表示该妓女最近经过检查，干净卫生，并无毛病，只管放心嫖宿；她们要缴纳"花捐"，才能领取徽章，公开从业。每月政府所收"花捐"是一笔不小数目。

南京妓院大都集中在几条巷子里，钓鱼巷是最有名的，钓鱼巷即在东方中学学生宿舍的后面。这些姑娘时常在巷子里进进出出，走来走去，打扮得花枝招展，走起来袅袅婷婷。住在宿舍里的学生对她们已经看得很熟，分得清谁是谁。姑娘们走过学生宿舍的后窗户，大都向上看看，和些熟识的学生招手点头，眉来眼去（南京人叫作"吊膀子"）。妓女都有个香艳的名字，很多是从《红楼梦》上取来的：林黛玉、史湘云……（林黛玉、史湘云被妓女当了芳名，可算是倒了霉了！）有一个最红的，为学生最喜欢的姑娘叫"沙利文"。南京有个专卖面包、西点的面包房叫"沙利文"，出的面包也就叫"沙利文面包"。为什么给妓女起这样一个名字呢？因为她的两个奶奶鼓鼓的，暄腾腾的很有弹性，恰像是沙利文刚烤出来的奶油圆面包。"沙利文"有点天真，很喜欢和学生来往，一起去看场电影啦，到明孝陵、鸡鸣寺去逛逛啦。这些公子哥儿都长得很帅，留了菲律宾式的长发（背发上涂了很多油）。学生总比较文雅，不像当官、做买卖的那样俗气，一点不懂怜香惜玉，如狼似虎，穷凶极恶。虽然当了妓女，总还希望得到一点感情，被人看成是个女学生，不是"婊子"。学生能给她们一小点感情，像《茶花女》那样的感情。明知这一小点感情是假的，但是姑娘也就满足了。学生从后窗户把她们弄到宿舍里去睡觉，她们大都很愿意。她们觉得不只是让人玩，自己也玩了。

程进不止一次把妓女从后窗户弄进宿舍里来过夜。这种事他父亲在读旧制中学时就干过，可以说是传代。只是方式有些不同。程进的父亲用的是腰带。那时兴系腰带，几乎每人都有一条，湖蓝色，绸制的。把两根腰带结起来，就可以把一个妓女拉上来。到程进时就改用了梯子。钓鱼巷凡有学生是熟客的，妓院都准备了一架小梯子，几步就上来了。

程进在和妓女做事时，有时会想起大高，他的性生活是大高开的蒙，而且大高全身柔软细腻，有种说不出的美。

为了实现父亲的愿望，程进高中毕业，报考的大学是广西大学矿冶系，考上了。

矿冶系毕业后在东北一个矿上工作——他当然不可能独资开一个矿。新中国成立后作为工程技术人员留用。工作很好，屡受表扬，升为工程师。他在东北结了婚，生了一个男孩子。

反右运动中，追查他的历史，因为他曾在孙立人的远征军中当过翻译，在印度干了一年。本来问题不大，甚至不是问题，但是斗起来没完。七斗八斗，他受不了冤屈，自杀了。

程进的爱人还年轻，改嫁了。遗孤送回老家，由祖母抚养。这孩子不爱说话。他不懂父亲为什么要死，母亲为什么要嫁人。

　　大高回邰家后嫁了一次人，生病死了。

　　"沙利文"不知下落，听说也死了。

　　很多人都死了。

　　人活一世，草活一秋。

关老爷

　　老关老爷——关老爷的父亲做过两任两淮盐务道，搂了不少银子，他喜欢这小城土地肥美，人情淳厚，就在这里落户安家，起房屋，置田地，优哉游哉当了几年快活神仙老太爷。老关老爷的丧事办得极其体面。老关老爷死后，关老爷承其父业，房屋盖得更大，田地置得更多。一沟、二沟、三垛、钱家伙都有他的庄子。他是旗人。旗人有族无姓，关老爷却沿其父训，姓了关。关老爷的二儿子是个少年名士，还刻了一块图章：汉寿亭侯之后。其实关家和关云长是没有关系的。关老爷有两个特点：一是说了一嘴地道京腔。比如，他见小孩子吸烟，就劝道："小孩子不抽烟！"本地都说"吃烟"，他却说"抽烟"，本地人觉得这很奇怪。二是他走起路来是方步，有点像戏台上的台步，特别像方巾丑。这城里有几家旗人，他们见面时都还行旗礼——打千儿，本地人觉得他们好像在演戏，很滑稽，很可笑。关老爷个子不高，矮墩墩的。方脸。"高帝子孙尽隆准"，高鼻梁。留两撇八字胡。立如松，坐如钟。他的行动都是很端正的。他的为人也很正派。他不抽大烟，不嫖，不赌。只是每年要下乡看一次青。

"看青"即估产。田主和佃户一同看看今年的庄稼长势，估计会有多少收成，能交多少租。一到稻子开花，关老爷就带了"田禾先生"下乡。关老爷骑一匹大青走骡，田禾先生骑一匹粉嘴踢雪黑叫驴，一路分花度柳，款款而行。庄稼碧绿，油菜金黄，一阵一阵野蔷薇的香味扑鼻而来，关老爷东看看西望望，心情十分舒畅。他下乡看青，其实是出来玩玩，看看野景，尝尝野味，改变一下他在深宅大院里的生活。估产定租这些事自有田禾先生和庄头商量，他最多只是点点头，摇摇头。他看的什么青！这些事他也不懂。他还带着一个厨子。厨子头一天已经带了伏酱秋油，五香八角，一应作料，乘船到了一沟。

在路上吃过一碗虾仁鳝丝面，中午饭就不吃了，关老爷要眯一小觉。起来，由庄头领着，田禾先生随着，绕村各处看了看。田禾先生和庄头估计今年收成，商谈得很细，各处田土高低，水流洪窄，哪一个八亩能打多少，哪一堤桎柳能卖多少钱……意见一致，就粗粗落了纸笔，有时意见相左，争持不下，甚至会吵了起来。到了太阳偏西，还没有个通盘结果。关老爷只在喝茶抽烟，听他们争吵，不置一词。厨子来问："开不开饭？"关老爷肚子有点饿了，就说："开饭开饭！先吃饭，剩下的尾数也不值仨瓜俩枣，明天再议。"

关老爷在一沟的食单如下：

凉碟——醉虾，炸禾花雀，还有乡下人不吃的火焙蚂蚱，油氽蚕茧；

热菜——叉烧野兔，黄焖小公狗肉，干炸活鳟花鱼；

汤——清炖野鸡。

他不想吃饭，要了两个乡下面点：榆钱蒸糕，面拖灰藜菜加蒜泥。关老爷喝酒上脸，三杯下肚就真成了关公。喝了两杯普洱茶，就有点吃饱了食困，睁不开眼了。

他还要念一会儿经。他是修密宗的，念的是喇嘛经。

他要睡了。庄头已经安排了一个大姑娘或小媳妇，给他铺好被窝，陪他睡下了。

第二天起来，就什么都好说了，一切都按庄头的话定规。

他给陪他睡的大姑娘、小媳妇一个金戒指。他每次都要带十多二十个戒指，田禾先生知道，关老爷下乡看青，只是要把一口袋戒指给出去，他和庄头磨牙费嘴都只是过场而已。

一沟、二沟、三垛转了一圈，关老爷累了，回到钱家伙喝了人参汤，大睡了两天，回家，完成了他的看青壮举，得胜还朝。

关老爷是旗人，又是从外地迁来的，本地亲戚很少，只有一个老姑奶奶嫁给阚家，一个老姨嫁给简家，算是至亲。有熟读《三国演义》的人说："你们一家是阚泽的后人，一个是简雍的后人，这样的姓很少，难得！"关老爷和岑直斋小时候是同学，跟杨又渔学过做古文、制艺、试帖诗，以后常在一起作文酒之游。关老爷的二儿子关汇和岑直斋的大儿子岑瑜从小学到中学都是同班同学。这几家是通家之好，婚丧嫁娶，办生做寿，走动得很勤。

岑直斋的女儿岑瑾是个美人（她母亲是姨太太，本是南堂子里的名妓）。她眼睛弯弯的，常若含笑，皮肤非常白嫩，真是"吹弹得破"——因此每年都生冻疮。关汇很爱看岑瑾的一举一动，他央求老姨奶奶到岑家说媒。岑瑾的妈说这得问问她本人。岑瑾本不愿意，理由是：一、她比关汇还大两岁；二、关汇身体不好，有点驼背；三、他在学校里功课不好，尤其是数、理、化。她妈说："大两岁没有关系，大媳妇知道疼女婿；身体不好，可以吃药调理；功课——关家这样的人家不指

112

着儿子做事挣钱！一个庄子就够吃一辈子。"经过妈下了水磨功夫掰开揉碎反复开导，岑瑾想：富贵人家的子弟差不多也就是这样，就说："妈，您做主！"这样关汇和岑瑾就订了婚，他们那年才读初三。关汇几乎每天都到岑家去，暑假就住在岑家，和岑瑜一起玩：用气枪打鸟，钓鱼。关汇每天给岑瑾写情书，虽然天天见面。情书大都是把旧诗词改头换面。如："身无彩凤双飞翼，心有灵犀一点通"之类，他送岑瑾一张放大十二寸的相片，岑瑾把相片配了框子挂在墙上。岑瑾觉得她迟早是关家的人了，也不再有别的想法。

初中毕业，关汇到上海去读高中，岑瑾到苏州读了女子师范，暂时"劳燕分飞"了。关汇还是每天写信，热情洋溢，岑瑾也回信，但是关汇觉得她的信感情有点冷淡。

关家老太太急于早一点抱孙子，姑奶奶、姨奶奶也觉得关汇的婚事不能再拖，就不断催关汇把事情办了。于是在关汇和岑瑾高三寒假就举行了婚礼。两家亲友都不甚多，但是吹吹打打，也很热闹。婚礼半新不旧。关汇坚持穿燕尾服，不穿袍子马褂，岑瑾披婚纱，但是拜堂行礼却是旧式的。燕尾服、婚纱，磕头，有点滑稽。

热闹了一天，客人散尽，关汇、岑瑾入洞房。

三天无大小，有些姑娘小子把耳朵贴在房门上"听房"。什么也没有听见。

半夜里，听到噼噼啪啪的声音，打人？关老爷一听，不对！把关老太太叫起来，叫她带了大儿媳妇赶紧去看看。撞开了房门，只见岑瑾在床前跪着，关汇拿了一根马鞭没头没脸地打她。打一鞭，骂一句："你欺骗了我！你欺骗了我！"大嫂把岑瑾拉起来，给她盖了被窝，老太太把关汇拉到关老爷的书房里，问："为什么打她？"关汇气得浑身发抖，说："她欺骗了我！她欺骗了我！"——"怎么回事？"——"她不是处女！不是处女啊！"

这里的风俗，两三天回门，要把那点女儿红包在一方白绫子里，亲手交给妈妈。妈妈接过白绫子，又是哭，又是笑："闺女！好闺女！"

岑瑾三天回门，这门怎么回呢？关汇不去。老太太再三给他央求，说："关、岑两家，不能让人议论。"好说歹说："你就给妈这点面子，我求你了！"老太太差点跪下。关汇只能铁青着脸进了岑家的门，连饭都没有吃，推说头疼，就先回去了。

关汇不进岑瑾的门，自在书房里睡。

关岑两家是不能离婚的。一离婚，就会引起一县人的揣测刺探。只好就这样拖下去。拖到什么时候呢？

这事总得有个结局。

会是怎样的结局呢？

关老爷还是每年下乡看青。他把他的看青的"章程"略微做了一点修改：凡是陪他睡觉的，倘是处女——真正的黄花闺女，加倍有赏，给两个金戒指。

梦

（一）

给我一支梦中的笔，

我会写出几首挺不错的诗。

可惜醒来全都忘了，

我算是白活了这一趟。

（二）

呆少爷早上起来，问丫头伶俐："你昨天夜里看见我没有？"

"看见你？——昨天夜里？在哪里？"

"梦里。"

"梦里？——我没有看见你。"

呆少爷操起鸡毛掸子要打伶俐。

"干吗打我？！"

正在洗衣裳的胡妈赶过来，也问：

"干吗打伶俐？"

"昨天夜里她明明看见我了，她说没有！"

胡妈说：

"梦是心中想，你想她，她不想你。你做梦，她没有做梦。你看见她，她没有看见你。做梦怎么能当真呢？"

"那不行！今天夜里她一定要在梦里看见我！我在梦里等着你！"

这天夜里呆少爷睡得非常实在，什么梦也没有做。一睁眼，天已经亮了。他大声喊："伶俐！伶俐！你在梦里看见我没有？"

伶俐说："看见了！"

"你看见我在干什么？"

"看见你跟烧火的麻丫头亲嘴。"

"什么？我和麻丫头亲嘴？"

"亲得吧唧吧唧地响！"

"还吧唧吧唧地响！——放屁！"

"对，一边亲嘴一边放屁。"

"什么！"

"吧唧吧唧，噗噗噗噗……你的屁很特别。"

"有什么特别？"

"光响不臭。"

"你到街上喊一个铜匠来！"

"干什么？"

"我要打一把锁把你的梦锁起来，不许瞎做梦。吧唧吧唧，噗噗噗噗，不像话！"

三姊妹出嫁

　　秦老吉是个挑担子卖馄饨的。他的馄饨担子是全城独一份，他的馄饨也是全城独一份。

　　这副担子非常特别。一头是一个木柜，上面有七八个扁扁的抽屉；一头是安放在木柜里的烧松柴的小缸灶，上面支一口紫铜浅锅。铜锅分两格，一格是骨头汤，一格是下馄饨的清水。扁担不是套在两头的柜子上，而是打的时候就安在柜子上，和两个柜子成一体。扁担不是直的，是弯的，像一个罗锅桥。这副担子是楠木的，雕着花，细巧玲珑，很好看。这好像是《东京梦华录》时期的东西，李嵩笔下画出来的玩意儿。秦老吉老远地来了，他挑的不像是馄饨担子，倒像是一件什么文物。这副担子不知道传了多少代了，因为材料结实，做工精细，到现在还很完好。

别人卖的馄饨只有一种，葱花水打猪肉馅。他的馄饨除了猪肉馅的，还有鸡肉馅的、螃蟹馅的，最讲究的是荠菜冬笋肉末馅的——这种肉馅不是用刀刃而是用刀背剁的！作料也特别齐全，除了酱油、醋，还有花椒油、辣椒油、虾皮、紫菜、葱末、蒜泥、韭花、芹菜和本地人一般不吃的芫荽。馄饨分别放在几个抽屉里，作料敞放在外面，任凭顾客各按口味调配。

他的器皿用具也特别清洁——他有一个拌馅用的深口大盘，是雍正青花！

笃——笃笃，秦老吉敲着竹梆，走来了。找一处柳荫，把担子卸下，竹梆敲出一串花点，立刻就围满了人。

秦老吉就用这副担子，把三个女儿养大了。

秦老吉的老婆死得早，给他留下三个女儿。大凤、二凤和小凤。三个女儿，一个比一个小一岁，梯子磴似的。三个丫头一个模样，像一个模子脱出来的。三个姑娘，像三张画。有人跟秦老吉说："应该叫你老婆再生一个的，好凑成一套四扇屏儿！"

姊妹三个，从小没娘，彼此提挈，感情很好。一家人都很勤快。一进门，清清爽爽，干净得像明矾澄过的清水。谁家娶了邋遢婆娘，丈夫气急了，就说："你到秦老吉家看看去！"三姊妹各有所长，分工负责。大裁小剪，单夹皮棉——秦老吉冬天穿一件山羊皮的背心，是大姐做的；锅前灶后，热水烧汤，是二姐；小妹妹小，又娇，两个姐姐惯着她，不叫她做重活，她就成天地挑花绣朵。她把两个姐姐绣得全身都是花。围裙上、鞋尖上、手帕上、包头布上，都是花。这些花里有一样必不可少的东西，是凤。

　　姊妹三个都大了。一个十八，一个十七，一个十六。该嫁了。这三只凤要飞到哪棵梧桐树上去呢？

　　三姊妹都有了人家了。大姐许了一个皮匠，二姐许了一个剃头的，小妹许的是一个卖糖的。

　　皮匠的脸上有几颗麻子，一街人都叫他麻皮匠。他在东街的"乾陞和"茶食店廊檐下摆一副皮匠担子。"乾陞和"的门面很宽大，除了一个柜台，两边竖着的两块碎白石底子堆刻黑漆大字的木牌——一块写着"应时糕点"，一块写着"满汉饽饽"。这之外，没有什么东西，放一副皮匠担子一点不碍事。麻皮匠每天一早，"乾陞和"才开了门，就拿起一把长柄的笤帚把店堂打扫干净，然后就在"满汉饽饽"下面支起担子，开始绱鞋。他是个手脚很快的人，走起路来腿快，绱起鞋来手快。只见他把锥子在头发里"光"两下，一锥子扎过鞋帮鞋底，两根用猪鬃引着的蜡线对穿过去，噌——噌，两把就绱了一针。流利合拍，均匀紧凑。他绱鞋的时候，常有人歪着头看。绱鞋，本来没有看头，但是麻皮匠绱鞋就能吸引人。大概什么事做得很精熟，就很美了。因为手快，麻皮匠一天能比别的皮匠多绱好几双鞋。不但快，绱得也好。针脚细密，榫得也到家，穿在脚上，不易走样。因此，他生意很好。也因此，落下"麻皮匠"这样一个称号。人家做好了鞋，叫用人或孩子送去绱，总要叮嘱一句："送到麻皮匠那里去。"这街上还有几个别的皮匠。怕送错了。他脸上的那几颗麻子就成了他的标志。他姓什么呢？好像是姓马。

二姑娘的婆家姓时。老公公名叫时福海。他开了一爿剃头店，字号也就是"时福海记"。剃头的本属于"下九流"，他的店铺每年贴的春联却是："头等事业，顶上生涯。"自从清朝推翻，建立民国，人们剪了辫子，他的店铺主要是剃光头，以"水热刀快"为号召。时福海像所有的老剃头待诏一样，还擅长向阳取耳（掏耳朵），捶背拿筋。剃完头，用两只拳头给顾客毕毕剥剥地捶背（捶出各种节奏和清浊阴阳的脆响），噔噔地揪肩胛后的"懒筋"——捶、揪之后，真是"浑身通泰"。他还专会治"落枕"。睡落了枕，歪着脖子走进去，时福海把你的脑袋搁在他弓起的大腿上，两手扶着下颌，轻试两下，"咔吧"——就扳正了！老年间，剃头匠是半个跌打医生。

这地方不知怎么会有这么一个传统，剃头的多半也是吹鼓手（不是所有的剃头匠都是吹鼓手，也不是所有的吹鼓手都是剃头匠）。时福海就也是一个吹鼓手。他吹唢呐，两腮鼓起两个圆圆的鼓包，憋得满脸通红。他还会"进曲"。好像一城的吹鼓手里只有他会，或只有他擅长这个玩意儿。人家办丧事，"六七"开吊，在"初献""亚献"之后，有"进曲"这个项目。赞礼的礼生喝道"进——曲！"时福海就拿了一面荸荠鼓，由两个鼓手双笛伴奏，唱一段曲子。曲词比昆曲还要古，内容是"神仙道化"，感叹人生无常，有《薤露》《蒿里》遗意，很可能是元代的散曲。时福海自己也不知道唱的是什么，但还是唱得感慨唏嘘，自己心里都酸溜溜的。

时代变迁，时福海的这一套有点吃不开了。剃光头的人少了，"水热刀快"不那么有号召力了。卫生部门天天宣传挖鼻孔、挖耳朵不卫生。懂得享受捶背揪懒筋的乐趣的人也不多了。时福海忽然变成一个举动迟钝的老头。

时福海有两个儿子。下等人不避父讳，大儿子叫大福子，小儿子叫小福子。

大福子很能赶潮流。他把逐渐暗淡下去的"时福海记"重新装修了一下，门窗柱壁，油漆一新，全部是奶油色，添了三面四尺高、二尺宽的大玻璃镜子。三面大镜之间挂了两个狭长的镜框，里面嵌了瓷青砑银的蜡笺对联，请一个擅长书法的医生汪厚基浓墨写了一副对子：

不教白发催人老
更喜春风满面生

  他还置办了"夜巴黎"的香水，"司丹康"的发蜡。顶棚上安了一面白布制成的"风扇"，由滑车牵引，叫小福子坐着，一下一下地拉"风扇"的绳子，使理发的人觉得"清风徐来"，十分爽快。这样，"时福海记"就又兴旺起来了。

  大福子也学了吹鼓手。笙箫管笛，无不精通。

  这地方不知怎么会流传"倒扳桨""跌断桥""剪靛花"之类的《霓裳续谱》《白雪遗音》时期的小曲。平常人不唱，唱的多是理发的、搓澡的、修脚的、裁缝、做豆腐的年轻子弟。他们晚上常常聚在"时福海记"唱，大福子弹琵琶。"时福海记"外面站了好些人在听。

  二凤要嫁的就是大福子。

  三姑娘许的这家苦一点，姓吴，叫吴顺福，是个遗腹子。家里只有两个人，一个老母亲，是个踮脚，走起路来一踮一踮的。母子二人，相依为命。妈妈很慈祥，儿子很孝顺。吴顺福是个很聪明的人，十五岁上就开始卖糖。卖糖和卖糖可不一样。他卖的不是普通的芝麻糖、花生糖，他卖的是"样糖"。他跟一个师叔学会了一宗手艺：能把白糖化了，倒在模子里，做成大小不等的福禄寿三星、财神爷、麒麟送子，高的二尺，矮的五寸，衣纹生动，须眉清楚；还能把糖里加了色，不用模子，随手吹出各种瓜果，桃、梨、苹果、佛手，跟真的一样，最好看的是南瓜，金黄的瓜，碧绿的蒂子，还开着一朵淡黄的瓜花。这种糖，人家买去，都是当摆设，不吃。——吃起来有什么意思呢，还不都是糖的甜味！卖得最多的是糖兔子。白糖加麦芽糖熬了，切成梭子形的一块一块，两头用剪刀剪开，一头窝进腹下，是脚；另一头便是耳朵。耳朵下捏一下，便是兔子脸，两边嵌进两粒马料豆，一只兔子就成了！马料豆有绿豆大，一头是通红的，一头是漆黑的。这种豆药店里卖，平常配药很少用它，好像是天生就为了做糖兔子的眼睛用的！这种糖兔子很便宜，一般的孩子都买得起。也吃了，也玩了。

师叔死后，这门手艺成了绝活儿，全城只有吴顺福一个人会，因此，他的生意是不错的。

他做的这些艺术品都放在擦得晶亮的玻璃橱子里，在肩上挑着。他的糖担子好像一个小型的展览会，歇在哪里，都有人看。

麻皮匠、大福子、吴顺福，都住得离秦老吉家不远。大姑娘、二姑娘、三姑娘几乎每天都能看到她们的未婚夫婿。姐儿仨有时在一起互相嘲戏。三姑娘小凤是个镴嘴子①，叽叽嘎嘎，对大姐姐说：

"十个麻子九个俏，不是麻子没人要！"

---

① 镴嘴子是一种鸟，此处说三姑娘嘴尖舌巧。

大姐啐了她一口。

她又对二姐姐说：

"姑娘姑娘真不丑，一嫁嫁个吹鼓手。吃冷饭，喝冷酒，坐在人家大门口！"①

二姐也啐了她一口。

两个姐姐容不得小凤如此放肆，就一齐反唇相讥：

"敲锣卖糖，各干各行！"

小妹妹不干了，用拳头捶两个姐姐：

"卖糖怎么啦！卖糖怎么啦！"

秦老吉正在外面拌馅儿，听见女儿打闹，就厉声训斥道：

"靠本事吃饭，比谁也不低。麻油拌芥菜，各有心中爱，谁也不许笑话谁！"

三姊妹听了，都吐了舌头。

姐儿仨同一天出门子，都是腊月二十三。一顶花轿接连送了三个人。时辰倒是错开了，头一个是小凤，日落酉时。第二个是大凤，戌时。最后才是二凤。因为大福子要吹唢呐送小姨子，又要吹唢呐送大姨子。轮到他拜堂时已是亥时。给他吹唢呐的是他的爸爸时福海。时福海吹了一气，又坐到喜堂去受礼。

三天回门。三个姑爷、三个女儿都到了。秦老吉办了一桌

---

① 这是当地童谣。也有说成"吃人家饭，喝人家酒"的。

126

酒，除了鸡鸭鱼肉，他特意包了加料三鲜馅的绉纱馄饨，让姑爷尝尝他的手艺。鲜美清香，自不必说。

三个女儿的婆家，都住得不远，两三步就能回来看看父亲。炊煮扫除，浆洗缝补，一如往日。有点小灾小病，头疼脑热，三个女儿抢着来伺候，比没出门时还殷勤。秦老吉心满意足，毫无遗憾。他只是有点发愁：他一朝撒手，谁来传下他的这副馄饨担子呢？

笃——笃笃，秦老吉还是挑着担子卖馄饨。

真格的，谁来继承他的这副古典的、南宋时期的、楠木的馄饨担子呢？

小孃孃

　　来蝶园谢家是邑中书香门第，诗礼名家，几代都中过进士。谢家好治园林。乾嘉之世，是谢家鼎盛时期，盖了一座很大的园子。流觞曲水，太湖石假山，冰花小径两边的书带草。至今犹在。花园落成时正值百花盛开，飞来很多蝴蝶，成群成阵，蔚为奇观，即名之为来蝶园。一时题咏甚多，大都离不开庄周，这也是很自然的。园中花木，后来海棠、丁香，都已枯死，只有几棵很大的桂花，还很健壮，每到八月，香闻园外。

128

原来有几个花匠，都已相继离散，只有一个老花匠留了下来。他是个聋子，姓陈，大家都叫他陈聋子。他白天睡觉，夜晚守更。每天日落，他各处巡视一回（来蝶园任人游览，但除非与主人商量，不能留宿夜饮），把园门锁上，偌大一个园子便都交给清风明月，听不到一点声音。

谢家人丁不旺，几代单传，又都短寿。谢普天是唯一可以继承香火的胤孙。他还有个姑妈谢淑媛，是嫡亲的，比谢普天小三岁。这地方叫姑妈为"嬢嬢"，谢普天叫谢淑媛为"嬢嬢"或"小嬢"。小嬢长得很漂亮。

谢普天相貌英俊，也极聪明。他热爱艺术，曾在上海美专学过画——国画和油画，素描功底扎实，也学过雕塑，不到毕业，就停学回乡，在中学教美术课。因为谢家接连办了好几次丧事，内囊已空，只剩下一个空大架子，他得维持这个空有流觞曲沼、湖石假山的有名的"谢家花园"（本地人只称"来蝶园"为"谢家花园"，很多人也不认识"蝶"字），供应三个人吃饭，包括陈聋子。陈聋子恋旧，不计较工钱，但饭总得让人家吃饱。停学回乡，这在谢普天是一种牺牲。

谢普天和谢淑媛都住在"祖堂屋"。"祖堂屋"是一座很大的五间大厅，正面大案上列供谢家祖先的牌位，别无陈设，显得空荡荡的。谢普天、谢淑媛各住一间卧室，房门对房门。谢普天对小嬢照顾得很体贴细致。谢家生计，虽然拮据，但谢普天不让小嬢受委屈，在衣着穿戴上不使小嬢在同学面前显得

129

寒碜。夏天，香云纱旗袍；冬天，软缎面丝绵袄、西装呢裤、白羊绒围巾。那几年时兴一种叫作"童花头"的发式（前面留出长刘海，两边遮住耳朵，后面削薄修平，因为样子像儿童，故名"童花头"），都是谢普天给她修剪的，比理发店修剪得还要"登样"。谢普天是学美术的，手很巧，剪个"童花头"还在话下吗？谢淑嫒皮肤细嫩，每年都要长冻疮。谢普天给小嬢用双氧水轻轻地浸润了冻疮痂疤，轻轻地脱下袜子，轻轻地用双氧水给她擦洗，拭净。"疼吗？"——"不疼。你的手真轻！"

单靠中学的薪水不够用，谢普天想出另外一种生财之道——画炭精粉肖像。一个铜制高脚放大镜，镜面有经纬刻度，放在照片上；一张整张的重磅画纸上也用长米达尺绘出经纬度，用铅笔描出轮廓，然后用剪齐胶固的羊毫笔蘸了炭精粉，对照原照，反复擦蹭。谢普天解嘲自笑："这是艺术吗？"但是有的人家喜欢这样的炭精粉画的肖像，因为："很像！"本地有几个画这样肖像的"画家"，而以谢普天生意最好，因为同是炭精像，谢普天能画出眼神、脸上的肌肉和衣服的质感，那年头时兴银灰色的"宁绸"，叫作"慕本缎"。

为了赶期交"货"，谢普天每天工作到很晚，在煤油灯下聚精会神地一笔一笔擦蹭，小嬢坐在旁边做针线，或看小说——无非是《红楼梦》《花月痕》，苏曼殊的《断鸿零雁记》之类的言情小说。到十二点，小嬢才回房睡觉。临走说一

130

声：“别太晚了！”

一天夜里大雷雨，疾风暴雨，声震屋瓦。小嬢神色慌张，推开普天的房门：

“我怕！”

“怕？——那你在我这儿待会儿。”

“我不回去。”

“……”

“你跟我睡！”

“那使不得！”

“使得！使得！”

谢淑媛已经脱了衣裳，“噗”的一声把灯吹熄了。

雨还在下。一个一个蓝色的闪把屋里照亮，一切都照得极清楚。炸雷不断，好像要把天和地劈碎。

他们陷入无法解决的矛盾之中。他们在做爱时觉得很快乐，但是忽然又觉得很痛苦。他们很轻松，又很沉重。他们无法摆脱犯罪感。谢淑媛从小娇惯，做什么都很任性，她不像谢普天整天心烦意乱。她在无法排解时就说：“活该！”但有时又想：死了算了！

每年清明节谢家要上坟。谢家的祖茔在东乡，来蝶园在城西，从谢家花园到祖坟，要经过一条东大街。谢淑媛是很喜欢上坟的。街上店铺很多，可以东张西望。小风吹着，全身舒服。从去年起，她不愿走东大街了。她叫陈聋子挑了放祭品的

131

圆笼自己从东大街先走，她和普天从来蝶园后门出来，绕过大淖、泰山庙，再走河岸上向东。她不愿走东大街，因为走东大街要经过居家灯笼店。

居家姊妹三个，都是疯子。大姐好一点，有点像个正常人，她照顾灯笼店，照顾一家人吃饭——一日三餐，两粥一饭。糙米饭、青菜汤。疯得最厉害的是兄弟，他什么也不做，一早起来就唱，坐在柜台里。穿了靛蓝染的大襟短褂。不知道他唱的是什么，只听到沙哑沉闷的声音（本地叫这种很不悦耳的声音为"呆声绕气"）。他哪有这么多唱的，一天唱到晚！妹妹总坐在柜台的一头糊灯笼，脸上带着一种奇怪的微笑。姐妹二人都和兄弟通奸。疯兄弟每天轮流和她们睡，不跟他睡他就闹。居家灯笼店的事情街上人都知道，谢淑媛也知道。她觉得"硌硬"。

隔墙有耳，谢家的事外间渐有传闻。街谈巷议，觉得岂有此理。有一天大早，谢普天在来蝶园后门不显眼处发现一张没头帖子：

> 管什么大姑妈小姑妈，
> 你只管花恋蝶蝶恋花，
> 满城风雨人闲话，
> 谁怕！
> 倒不如海角天涯，

132

赤条条来去无牵挂，

何等潇洒。

谢普天估计得出，这是谁写的——本县会写散曲的再没有别人，最后两句是一种善意的规劝。

他和小嬢嬢商量了一下：走！离开这座县城。走得远远的！他的一个上海美专的同学顾山是云南人，他写信去说，想到云南去。顾山回信说欢迎他来，昆明气候好，物价也便宜，他会给他帮助。把一块祖传的大蕉叶白端砚、一箱字画卖给了季陶民，攒了路费，他们就上路了。计划经上海、香港，从海防坐滇越铁路火车到昆明。

谢淑媛没有见过海，没有坐过海船，她很兴奋，很活泼，走上甲板，靠着船舷。说说笑笑，指指点点，显得没有一点心事，说："我这辈子值得了。"

谢普天经顾山介绍，在武成路租了一间画室。他画了不少工笔重彩的山水、人物、花卉，有人欣赏，卖出了一些，但是最受欢迎的还是炭精肖像，供不应求。昆明果然是四季如春。鸡枞、干巴菌、牛肝菌、青头菌都非常好吃，谢淑媛高兴极了。他们游览了很多地方：石林、阳宗海、西山、金殿、黑龙潭、大理，一直到玉龙雪山。读万卷书，行万里路，谢普天的画大有进步。他画了一些裸体人像，谢淑媛给他当模特。画完了，谢淑媛仔仔细细看了，说："这是我吗？我这么好看？"

谢普天抱着小孃周身吻了个遍："不要让别人看！"——
"当然！"

谢淑媛变得沉默起来，一天说不了几句话。谢普天问：
"你怎么啦？"——"我有啦！"谢普天先是一愣，接着说：
"也好嘛。"——"还好哩！"

谢淑媛老是做噩梦。梦见母亲打她，打她的全身，打她的
脸；梦见她生了一个怪胎，样子很可怕；梦见她从玉龙雪山失
足掉了下来，一直掉，半天也不到地……每次都是大叫醒来。

谢淑媛的肚子一天比一天大，已经显形了。她抚摩着膨大
的小腹，说："我作的孽！我作的孽！报应！报应！"

谢淑媛死了。死于难产血崩。

谢普天把给小孃的裸体肖像交给顾山保存，拜托他十年后
找个出版社出版。顾山看了，说："真美！"

谢普天把小孃的骨灰装在手制的瓷瓶里带回家乡，在来
蝶园选一棵桂花，把骨灰埋在桂花下面的土里，埋得很深，
很深。

谢普天和陈聋子（他还活着）告别，飘然而去，不知
所终。

马道士

马道士是一个有点特别的道士，和一般道士不一样。他随时穿着道装，我们那里当道士只是一种职业，除了到人家家里诵经，才穿了法衣——高方巾，绣了八卦的"鹤氅"，平常都只是穿了和平常人一样的衣衫，走在街上和生意买卖人没有什么两样。马道士的道装也有点特别，不是很宽大、很长——我们那里说人衣服宽长不合体，常说"像个道袍"，而是短才过胫。斜领，白布袜，青布鞋。尤其特别的是他头上的那顶道冠。这顶道冠是个上面略宽，下面略窄，前面稍高，后面稍矮的一个马蹄状的圆筒，黑缎子的。冠顶留出一个圆洞，露出梳得溜光的发髻。这种道冠不知道叫什么冠。全城只有马道士一个人戴这种冠，我在别处也没见过。

马道士头发很黑，胡子也很黑，双目炯炯，说话声音洪亮，中等身材，但很结实。

他不参加一般道士的活动，不到人家家里念经，不接引亡魂过升仙桥，不"散花"（道士做法事，到晚上，各执琉璃荷花灯一盏，迂回穿插，跑出舞蹈队形，谓之"散花"），更不搞画符捉妖。他是个独来独往的道士。

他无家无室（一般道士是娶妻生子的），一个人住在炼阳观。炼阳观是个相当大的道观，前面的大殿里也有太上老君、值日功曹的塑像，也有人来求签、掷筊……马道士概不过问，他一个人住在最后面的吕祖楼里。

吕祖楼是一座孤零零的很小的楼，没有围墙，楼北即是"阴城"，是一片无主的荒坟，住在这里真是"与鬼为邻"。

马道士坐在楼上读道书，读医书，很少下楼。

他靠什么生活呢？他懂医道，有时有人找他看病，送他一点钱——他开的方子都是寻常的药，并没有什么仙丹之类。

他开了一小片地，种了一畦萝卜、一畦青菜，够他吃的了。

有时他也出观上街，买几升米，买一点油盐酱醋。

吕祖楼四周有二三十棵梅花，都是红梅，不知是原来就有，还是马道士亲手种的。春天，梅花开得极好，但是没有什么人来看花，很多人甚至不知道炼阳观吕祖楼下有梅花，我们那里梅花甚少，顶多有人家在庭院里种一两棵，像这样二三十棵长了一圈的地方，没有。

　　马道士在梅花丛中的小楼上读道书，读医书。

　　我从小就觉得马道士属于道教里的一个什么特殊的支派，和混饭吃的俗道士不同。他是从哪里来的呢？

　　前几年我回家乡一趟，想看看炼阳观，早就没有了。吕祖楼、梅花，当然也没有了。马道士早就"羽化"了。

五　坛

　　五坛是个道观，离我家很近。由傅公桥往东走十来分钟
就到。观枕澄子河，门外是一条一步可以跨过的水渠，水很
清。沿渠种了一排柽柳。渠以南是一片农田，稻子、麦子都长
得很好，碧绿碧绿。五坛的正名是"五五社"，坛的大门圆上
刻着这三个字，可是大家都叫它"五坛"。有人问路："五五
社在哪里？"倒没有什么人知道。为什么叫个"五坛""五五
社"？不知道。道教对数目有一种神秘观念，对"五"尤其是

这样。也许这和"太极、无极"有一点什么关系，不知道。我小时候不知道，现在也还是不知道。真是"道可道，非常道"！

五坛的门总是关着的。但是门里并未下闩，轻轻一推，就可以进去。

门里耳房里站着一个道童，管看门、扫地、焚香。除他以外，没有一个人，静悄悄的。天井两头种了四棵相当高大的树。东边是两棵玉兰，西边是两棵桂花。玉兰盛开，洁白耀眼。桂花盛开，香飘坛外。左侧有一个放生池，养着乌龟。正面的三清殿上塑着太上老君的金身，比常人还稍矮一点。前面是念经的长案，案上整整齐齐地排了一刊经卷。经案下是一列拜垫，盖着大红毡子。炉里烧的是檀香，香气清雅。

五坛的道士不是普通的道士，他们入坛，在道，只是一种信仰，并不以此为职业，他们都是有家有业、有身份的人。如叶恒昌，是恒记桐油栈的老板。桐油栈是要有雄厚的资金的。如高西园，是中学的历史教员。人们称呼他们时也只是"叶老板""高老师"，不称其在教中的道名。

他们定期到坛里诵经（远远地可以听到诵经的乐曲和钟磬声音）。一般只是在坛里，除非有人诚敬恭请，不到人家作法事。他们念的经也和一般道士不一样，听说念的是《南华经》——《庄子》，这很奇怪。

五坛常常扶乩，我没有见过扶乩，据说是由两个人各扶着一个木制的丁字形的架子，下面是一个沙盘，降神后，丁字架下垂部分即在沙盘上画出字来。扶乩由来已久，明清后尤其盛行。张岱的《陶庵梦忆》即有记载。纪晓岚《阅微草堂笔记》录了很多乩语、乩诗。纪晓岚是个严肃的人，所录当不是造谣。这究竟是怎么回事呢？我以为这值得研究，不能用"迷信"二字一笔抹杀。

每年正月十五后一两日（扶乩一般在正月十五举行），五坛即将"乩语"木板刻印，分送各家店铺，大约四指宽，六七寸长。这些"乩语"倒没有神秘色彩，只是用通俗的韵文预卜今年是否风调雨顺，宜麦宜豆，人畜是否平安，有无水旱灾情。是否灵验，人们也在信与不信之间。

关于五坛，有这么一个故事。

蓝廷芳是个医生，是"外路人"。他得知五坛的道士道行高尚，法力很深，到五坛顶礼跪拜，请五坛道长到他家里为他父亲的亡魂超度。那天的正座是叶恒昌。

到"召请"（把亡魂摄到法坛，谓之"召请"），经案上的烛火忽然变成蓝色，而且烛焰倾向一边，经案前的桌帷无风自起。同案诵经的道士都惊恐色变。叶恒昌使眼色令诸人勿动。

法事之后，叶恒昌问蓝廷芳：

"令尊是怎么死的？"

蓝廷芳问叶恒昌看见了什么。

叶恒昌说："只见一个人，身着罪衣，一路打滚，滚出桌帷。"

蓝廷芳只得说实话，他父亲犯了罪，在充军路上，被解差乱棍打死。

蓝廷芳和叶恒昌我都认识。蓝廷芳住在竺家巷口，就在我家后门的斜对面。叶恒昌的恒记桐油栈在新巷口，我上小学时上学、放学都要从桐油栈门口走过，常看见叶恒昌端坐在柜台里面。叶恒昌是个大个子，看起来好像很有道行。但是我没有问过叶恒昌和蓝廷芳有没有这么回事。一来，我当时还是个孩子。二来，这种事也不便问人家。

但是我很早就认为这只是一个故事。

而且这故事叫我很不舒服，为什么使我不舒服，我也说不清。

我常到五坛前面的渠里去捉乌龟。下了几天大雨，五坛放生池的水涨平岸，乌龟就会爬出来，爬到渠里快快活活地游泳。

《庄子》被人当作"经"念，而且有腔有调，而且敲钟击磬，这实在有点滑稽。

金冬心

召应博学鸿词杭郡金农，字寿门，别号冬心先生、稽留山民、龙棕仙客、苏伐罗吉苏伐罗，早上起来觉得很无聊。

他刚从杭州扫墓回来。给祖坟加了加土，吩咐族侄把聚族而居的老宅子修理修理，花了一笔钱。杭州官员馈赠的程仪殊不丰厚，倒是送了不少花雕和莼菜，坛坛罐罐，装了半船。装莼菜的瓷罐子里多一半是西湖水。我能够老是饮花雕酒喝莼菜汤过日脚吗？开玩笑！

142

他是昨天日落酉时回扬州的。刚一进门，洗了脸，给他装裱字画、收拾图书的陈聋子就告诉他：袁子才把十张灯退回来了。是托李馥馨茶叶庄的船带回来的。附有一封信。另外还有十套《随园诗话》。金冬心当时哼了一声。

　　去年秋后，来求冬心先生写字画画的不多，他又买了两块大砚台，一块红丝碧端，一块蕉叶白，手头就有些紧。进了腊月，他忽然想起一个主意：叫陈聋子用乌木做了十张方灯的架子，四面由他自己书画。自以为这主意很别致。他知道他的字画在扬州实在不大卖得动了——太多了，几乎家家都有。过了正月初六，就叫陈聋子搭了李馥馨的船到南京找袁子才，托他代卖。凭子才的面子，他在南京的交往，估计不难推销出去。他希望一张卖五十两。少说，也能卖二十两。不说别的，单是乌木灯架，也值个三两二两的。那么，不无小补。

　　袁子才在小仓山房接见了陈聋子，很殷勤地询问了冬心先生的起居，最近又有什么轰动一时的诗文，说："灯是好灯！诗、书、画，可称三绝。先放在我这里吧。"

　　金冬心原以为过了元宵，袁子才就会兑了银子来。不想过了清明，还没有消息。

　　现在，退回来了！

　　袁枚的信写得很有风致："……金陵人只解吃鸭脯，光天白日，尚无目识字画，安能于光烛影中别其媸妍耶？……"

　　这个老奸巨猾！不帮我卖灯，倒给我弄来十部《诗话》，让我替他向扬州的鹾贾打秋风！——俗！

晚上吃了一碗鸡丝面，早早就睡了。

今天一起来，很无聊。

喝了几杯苏州新到的碧螺春，念了两遍《金刚经》，趿着鞋，到小花圃里看了看。宝珠山茶开得正好，含笑也都有了骨朵儿了。然而提不起多大兴致。他惦记着那十盆兰花。他去杭州之前，瞿家花园新从福建运到十盆素心兰。那样大的一盆，每盆不愁有百十个箭子！索价五两一盆，不贵！要是袁子才替他把灯卖出去，这十盆剑兰就会摆在他的小花圃苇棚下的石条上。这样的兰花，除了冬心先生，谁配？然而……

他趿回书斋里，把袁枚的信摊开又看了一遍，觉得袁枚的字很讨厌，而且从字里行间嚼出一点挖苦的意味。他想起陈聋子描绘的随园：有几棵柳树，几块石头，有一个半干的水池子，池子边种了十来棵木芙蓉，到处是草，草里有蜈蚣……这样一个破园子，会是江宁织造的大观园吗？可笑！①此人惯会吹牛，装模作样！他顺手把《随园诗话》打开翻了几页，到处是倚人自重，借别人的赏识，为自己吹嘘。有的诗，还算清新，然而，小聪明而已。正如此公自道："诗被人嫌只为多！"再看看标举的那些某夫人、某太夫人的诗，都不见佳。哈哈，竟然对毕秋帆也揄扬了一通！毕秋帆是什么？——商人耳！郑

---

① 袁枚说大观园就是他的随园。

144

板桥对袁子才曾作过一句总评，说他是"斯文走狗"，不为过分！

他觉得心里痛快了一点——不过，还是无聊。

他把陈聋子叫来，问问这些天有什么函件简帖。陈聋子捧出了一沓。金冬心拆看了，几封，都没有什么意思，问："还有没有？"

陈聋子把脑门子一拍，说："有！——我差一点忘了，我把它单独放在拜匣里了。程雪门有一张请帖，来了三天了！"

"程雪门？"

"对对对！请你陪客。"

"请谁？"

"铁大人。"

"哪个铁大人？"

"新放的两淮盐务道铁保珊铁大人。"

"几时？"

"今天！中饭！平山堂！"

"你多误事！——去把帖子给我拿来！——去订一顶轿子！——你真是！——快去！——哎哟！"

金冬心开始觉得今天有点意思了。

等着催请了两次，到第三次催请时，冬心先生换了衣履，坐上轿子，直奔平山堂。

程雪门是扬州一号大盐商，今天宴请新任盐务道，非比寻常！果然，等金冬心下了轿，往平山堂一看，只见扬州的名流显贵都已到齐。藩臬二司、河工漕运、当地耆绅、清客名士，济济一堂。花翎补服，辉煌耀眼；轻衣缓带，意态萧闲。程雪门已在正面榻座上陪着铁保珊说话，一眼看见金冬心来了，站起身来，铁保珊早抢步迎了出来。

"冬心先生！久仰！久仰得很哪！"

"岂敢岂敢！臣本布衣，幸瞻丰采！铁大人从都里来，一路风霜，辛苦了！"

"请！"

"请！请！"

铁保珊拉了金冬心入座。程雪门道了一声"得罪！"自去应酬别的客人。大家只见铁保珊倾侧着身子和金冬心谈得十分投机，金冬心不时点头拊掌，不知他们谈些什么，不免悄悄议论。

"雪门今天请金冬心来陪铁保珊，好大的面子！"

"听说是铁保珊指名要见的。"

"金冬心这时候才来，架子搭得不小！"

"看来他的字画行情要涨！"

少顷宴齐，更衣入席。平山堂中，雁翅般摆开了五桌。正中一桌，首座自然是铁保珊。次座是金冬心。金冬心再三谦让，铁保珊一把把他按得坐下，说："你再谦，大家就不好坐了！"金冬心只得从命。程雪门在这桌的主座上陪着。

今天的酒席很清淡。铁大人接连吃了几天满汉全席，实在是没有胃口，接到请帖，说："请我，我到！可是我只想喝一碗晚米稀粥，就一碟香油拌疙瘩丝！"程雪门说一定照办。按扬州请客的规矩，菜单曾请铁保珊过了目。凉碟是金华竹叶腿、宁波瓦楞明蚶、黑龙江熏鹿脯、四川叙府糟蛋、兴化醉蛏鼻、东台醉泥螺、阳澄湖醉蟹、糟鹌鹑、糟鸭舌、高邮双黄鸭蛋、界首茶干拌荠菜、凉拌枸杞头……热菜也只是蟹白烧乌青菜、鸭肝泥酿怀山药、鲫鱼脑烩豆腐、烩青腿子口蘑、烧鹅掌。甲鱼只用裙边。鳇花鱼不用整条的，只取两块嘴后腮边眼下蒜瓣肉。砗螯只取两块瑶柱。炒芙蓉鸡片塞牙，用大兴安岭活捕来的飞龙剁泥、鸽蛋清。烧烤不用乳猪，用果子狸。头菜不用翅唇参燕，清炖杨妃乳——新从江阴运到的河豚。铁大人听说有河豚，说："那得有炒蒌蒿呀！——'竹外桃花三两枝，春江水暖鸭先知，蒌蒿满地芦芽短，正是河豚欲上时'，有蒌蒿，那才配称。"有有有！随饭的炒菜也极素净：素炒蒌蒿薹、素炒金花菜、素炒豌豆苗、素炒紫芽姜、素炒马兰头、素炒凤尾——只有三片叶子的嫩莴苣尖、素烧黄芽白……铁大人听了菜单（他没有看）说是"这样好，'咬得菜根，则百事可做'"。他请金冬心过目，冬心先生说："'一箪食，一瓢饮'，农一介寒士，无可无不可的。"

金冬心尝了尝这一桌非时非地清淡而名贵的菜肴，又想起袁子才，想起他的《随园食单》，觉得他把几味家常鱼肉说得天花乱坠，真是寒乞相，嘴角不禁浮起一丝冷笑。

　　酒过三巡，铁保珊提出寡饮无趣，要行一个酒令。他提出的这个酒令叫作"飞红令"，各人说一句或两句古人诗词，要有"飞、红"二字，或明嵌，或暗藏，都可以。这令不算苛。他自己先说了两句："花谢花飞飞满天，红消香断有谁怜？"有人不识出处。旁边的人提醒他："《红楼梦》！"这时正是《红楼梦》大行的时候，"开谈不说《红楼梦》，纵读诗书也枉然"，不知出处的怕露怯，连忙说："哦，《红楼梦》！《红楼梦》！"下面也有说"一片花飞减却春"的，也有说"桃花乱落如红雨"的。有的说不上来，甘愿罚酒。也有的明明说得出，为了谦抑，故意说："我诗词上有限，认罚认罚！"借以凑趣的。临了，到了程雪门。程雪门说了一句：

　　"柳絮飞来片片红。"

　　大家先是愕然，接着就哗然了：

　　"柳絮飞来片片红，柳絮如何是红的？"

　　"无是理！无是理！"

　　"杜撰！杜撰无疑！"

　　"罚酒！罚酒！"

　　"满上！满上！喝了！喝了！"

　　程雪门也不知道自己怎么会诌出这样一句不通的诗来，正在满脸紫涨，无地自容，忽听得金冬心放下杯箸，从容言道：

　　"诸位莫吵。雪翁此诗有出处。这是元人咏平山堂的诗，用于今日，正好对景。"他站起身来，朗吟出全诗：

> 廿四桥边廿四风，
>
> 凭栏犹忆旧江东。
>
> 夕阳返照桃花渡，
>
> 柳絮飞来片片红。

大家一听，全都击掌：

"好诗！"

"好一个'柳絮飞来片片红'！妙！妙极了！"

"如此尖新，却又合情合理，这定是元人之诗，非唐非宋！"

"到底是冬心先生！元朝人的诗，我们知道得太少，惭愧惭愧！"

"想不到程雪翁如此博学！佩服！佩服！"

程雪门哈哈大笑，连说："过奖，过奖！——菜凉了，河豚要趁热！"

于是大家的筷子一齐奔向杨妃乳。

铁保珊拈须沉吟：这是元朝人的诗吗？

金冬心真是捷才！出口成章，不动声色。快，而且，好！有意境……

第二天，一清早，程雪门派人给金冬心送来一千两银子。

金冬心叫陈聋子告诉瞿家花园，把十盆剑兰立刻送来。

陈聋子刚要走，金冬心叫住他：

"不忙。先把这十张灯收到厢房里去。"

陈聋子提起两张灯，金冬心又叫住他：

"把这个——搬走！"

他指的是堆在地下的《随园诗话》。

陈聋子抱起《诗话》，走出书斋，听见冬心先生骂道：

"斯文走狗！"

陈聋子心想：他这是骂谁呢？

金大力

金大力想必是有个大名的，但大家都叫他金大力，当面也这样叫。为什么叫他金大力，已经无从查考。他姓金，块头倒是很大。他家放剩饭的淘箩，年下腌制的风鱼咸肉，都挂得很高，别人够不着，他一伸手就能取下来，不用使竹竿叉棍去挑，也不用垫一张凳子。身大力不亏。但是他是不是有很大的力气，没法证明。关于他的大力，没有什么传说的故事，他没有表演过一次，也没有人和他较量过。他这人是不会当众表演，更不会和任何人较量的。因此，大力只是想当然耳。是不是和戏里的金大力有什么关系呢？也说不定。也许有。他很老实，也没有什么本事，这一点倒和戏里的金大力有点像。戏里的金大力只是个傻大个儿，哪次打架都有他，有黄天霸就有他，但哪回他也没有打得很出色。人们在提起金大力时，并不和戏台上那个戴着红缨帽或盘着一条大辫子，拿着一根可笑的武器——一根红漆的木棍的那个金大力的形象联系起来。这个金大力和那个金大力不大相干。这个金大力只是一个块头很大的，家里开着一爿茶水炉子，本人是个瓦匠头儿的老实人。

他怎么会当了瓦匠头儿呢？

按说，瓦匠里当头儿的，得要年高望重，手艺好，有两手绝活，能压众，有口才，会讲话，能应付场面，还得有个好人缘儿。前面几条，金大力都不沾。金大力是个很不够格的瓦匠，他的手艺比一个刚刚学徒的小工强不了多少，什么活也拿不起来。一般老师傅会做的活，不用说相地定基，估工算料，砌墙时挂线，布瓦时堆瓦脊两边翘起的山尖，用一把瓦刀舀起半桶青灰在瓦脊正中塑出花开四面的浮雕……这些他统统不会，他连砌墙都砌不直！当了一辈子瓦匠，砌墙会砌出一个鼓肚子，也真是少有。他是一个瓦匠头，只能干一些小工活，和灰送料，传砖递瓦。这人很拙于言辞，一天说不了几句话，老是闷声不响，他不会说几句恭喜发财、大吉大利的应酬门面话讨主人家喜欢；也不会说几句夸赞奉承，道劳致谢的漂亮话叫同行高兴；更不会长篇大论地训教小工以显示一个头儿的身份。他说的只是几句大实话。说话很慢，声音很低，跟他那副大骨架很不相符。只有一条，他倒是具备的：他有一个好人缘儿。不知道为什么，他的人缘儿会那么好。

这一带人家，凡有较大的泥工瓦活，都愿意找他。一般的零活，比如检个漏，修补一下被雨水冲坍的山墙，这些直接雇两个瓦匠来就行了，不必通过金大力。若是新建房屋，或翻盖旧房，就会把金大力叫来。金大力听明白了是一个多大的工程，就告辞出来。他算不来所需工料、完工日期，就去找有经验的同行商议。第二天，带了一个木匠头儿，一个瓦匠老师傅，拿着工料单子，向主人家据实复告。主人家点了头，他就去约人、备料。到窑上订砖、订瓦，到石灰行去订石灰、麻刀、纸脚。他一辈子经手了数不清的砖瓦、石灰，可是没有得过一手钱的好处。

这里兴建动工有许多风俗。先得"破土"。由金大力用铁锹挖起一小块土，铲得四方四正，用红纸包好，供在神像前面——这一方土要到完工时才撤去。然后，主人家要请一桌酒。这桌酒有两点特别之处，一是席面所用器皿都十分粗糙，红漆筷子，蓝花粗瓷大碗；二是菜除了猪肉、豆腐外，必有一道泥鳅，这好像有一点是和泥瓦匠开玩笑，但瓦匠都不见怪，因为这是规矩。这桌酒，主人是不陪的，只是出来道一声"诸位多辛苦"，然后就委托金大力："金师傅，你陪陪吧！"金

153

大力就代替了主人，举起酒杯，喝下一口淡酒。这时木匠已经把房架立好，到了择定吉日的五更头，上了梁——梁柱上贴了一副大红对子："登柱喜逢黄道日，上梁正遇紫微星。"两边各立了一面筛子，筛子里斜贴了大红斗方，斗方的四角写着"吉星高照"，金大力点起一挂鞭，泥瓦工程就开始了。

每天，金大力都是头一个来，比别人要早半个小时。来了，把孩子们搬下来搭桥、搭鸡窝玩的砖头捡回砖堆上去，把碍手碍脚的棍棍棒棒归置归置，清除"脚手"板子上昨天滴下的灰泥，把"脚手"往上提一提，捆"脚手"的麻绳紧一紧，扫扫地，然后，挑了两担水来，用铁锹、抓钩和青灰——石灰里兑了锅烟；和黄泥。灰泥和好，伙计们也就来上工了。他是个瓦匠，上工时照例也在腰带里掖一把瓦刀，手里提着一个泥子。可是他的瓦刀、泥子几乎随时都是干的。他一天使的家伙就是铁锹、抓钩，他老是在和灰、和泥。他只能干这种小工活，也就甘心干小工活。他从来不想去露一手，去逞能卖嘴，指手画脚。到了半前晌和半后晌，伙计们照例要下来歇一会儿，金大力看看太阳，提起两把极大的紫砂壶就走。在壶里撮了两大把茶叶梗子，到他自己家的茶水炉上，灌了两壶水，把茶水倒在大碗里，就抬头叫嚷："哎，下来喝茶来！"傍晚收工时，他总是最后一个走。他要各处看看，看看今天的进度、质量（他的手艺不高，这些都还是会看的），也看看有没有留下火星（木匠熬胶要点火，瓦匠里有抽烟的）。然后，解下腰带，从头到脚，抽打一遍。走到主人家窗下，扬声告别："明儿见啦！晚上你们照看着点！"——"好嘞，我们会照看。明儿见，金师傅！"

金大力是个瓦匠头儿，可是拿的工钱很低，比一个小工多不了多少。同行师傅们过意不去，几次提出要给金头儿涨涨工钱。金大力说："不。干什么活，拿什么钱。再说，我家里还开着一爿茶水炉子，我不比你们指身为业。这我就知足。"

金家茶炉子生意很好。一早、晌午、傍黑，来打开水的人很多，提着木檋子的，提着洋铁壶、暖壶、茶壶的，川流不息。这一带店铺人家一般不烧开水，要用开水，多到茶炉子上去买，这比自己家烧方便。茶水炉子，是一个砖砌的长方形的台子，四角安四个很深很大的铁罐，当中有一个火口。这玩意儿，有的地方叫作"老虎灶"。烧的是稻糠。稻糠着得快，火力也猛。但这东西不经烧，要不断地往里续。烧火的是金大力的老婆。这是个很结实也很利索的女人。只见她用一个小铁簸箕，一簸箕一簸箕地往火口里倒糠。火光轰轰地一阵一阵往上冒，照得她满脸通红。半箩稻糠烧完，四个铁罐里的水就哗哗地开了，她就等着人来买水，一舀子一舀子往各种容器里倒。到罐里水快见底时，再烧。一天也不见她闲着。（稻糠的灰堆在墙角，是很好的肥料，卖给乡下人壅田，一个月能卖不少钱。）

茶炉子用水很多。金家茶炉的一半地方是三口大水缸。

因为缸很深，一半埋在地里。一口缸容水八担，金家一天至少要用二十四担水。这二十四担水都是金大力挑的。有活时，他早晚挑；没活时（瓦匠不能每天有活）白天挑。因为经常挑水，总要洒泼出一些，金家茶炉一边的地总是湿漉漉的，铺地的砖发深黑色（另一边的砖地是浅黑色）。你要是路过金家茶炉子，常常可以看见金大力坐在一根搭在两只水桶的扁担上休息，好像随时就会站起身来去挑一担水。

金大力不变样，多少年都是那个样子。高大结实，沉默寡言。

不，他也老了。他的头发已经有了几根白的了，虽然还不大显，墨里藏针。

钓鱼的医生

这个医生几乎每天钓鱼。

他家挨着一条河。出门走几步，就到了河边。这条河不宽。会打水撇子（有的地方叫打水漂，有的地方叫打水片）的孩子，捡一片薄薄的破瓦，一扬手忒忒忒忒，打出二十多个，瓦片贴水飘过河面，还能蹦到对面的岸上。这条河下游淤塞了，水几乎是不流动的。河里没有船，也很少有孩子到这里来游水，因为河里淹死过人，都说有水鬼。这条河没有什么用处。因为水不流，也没有人挑来吃。只有南岸的种菜园的每天挑了浇菜。再就是有人家把鸭子赶到河里来放。河南岸都是大柳树。有的欹侧着，柳叶都拖到了水里。河里鱼不少，是个钓鱼的好地方。

你大概没有见过这样钓鱼的。

他搬了一把小竹椅，坐着。随身带着一个白泥小炭炉子，一口小锅，提盒里葱、姜等作料俱全，还有一瓶酒。他钓鱼很有经验。钓竿很短，鱼线也不长，而且不用漂子，就这样把钓线甩在水里，看到线头动了，提起来就是一条。都是三四寸长的鲫鱼。——这条河里的鱼以白条子和鲫鱼为多。白条子他是不钓的，他这种钓法，是钓鲫鱼的。钓上来一条，刮刮鳞洗净了，就手放到锅里。不大一会儿，鱼就熟了。他就一边吃鱼，一边喝酒，一边甩钩再钓。这种出水就烹制的鱼鲜美无比，叫作"起水鲜"。到听见女儿在门口喊："爸——！"知道是有人来看病了，就把火盖上，把鱼竿插在岸边湿泥里，起身往家里走。不一会儿，就有一只钢蓝色的蜻蜓落在他的鱼竿上了。

这位老兄姓王，字淡人。中国以淡人为字的好像特别多，而且多半姓王。他们大都是农历九月生的，大名里一定还带一个"菊"字。古人的一句"人淡如菊"的诗，造就了多少人的名字。

王淡人的家很好认。门口倒没有特别的标志。大门总是开着的，往里一看，就看到通道里挂了好几块大匾。匾上写的是

"功同良相""济世救人""仁心仁术""术绍岐黄""杏林春暖""橘井流芳""妙手回春""起我沉疴"……医生家的匾都是这一套。这是亲友或病家送给王淡人的祖父和父亲的。匾都有年头了，匾上的金字都已经发暗。到王淡人的时候，就不大兴送匾了。送给王淡人的只有一块，匾很新，漆地乌亮，匾字发光，是去年才送的。这块匾与医术无关，或关系不大，匾上写的是"急公好义"，字是颜体。

进了过道，是一个小院子。院里种着鸡冠、秋葵、凤仙一类既不花钱，又不费事的草花。有一架扁豆。还有一畦瓢菜。这地方不吃瓢菜，也没有人种。这一畦瓢菜是王淡人从外地找了种子，特为种来和扁豆配对的。王淡人的医室里挂着一副郑板桥写的（木板刻印的）对子："一庭春雨瓢儿菜，满架秋风扁豆花。"他很喜欢这副对子。这点淡泊的风雅，和一个不求闻达的寒士是非常配称的。其实呢？何必一定是瓢儿菜，种什么别的菜不也是一样吗？王淡人花费心思去找了瓢菜的菜种来种，也可看出其天真处。自从他种了瓢菜，他的一些穷朋友再来喝酒的时候，除了吃王淡人自己钓的鱼，就还能尝到这种清苦清苦的菜蔬了。

过了小院，是三间正房，当中是堂屋，一边是卧房，另一边是他的医室。

他的医室和别的医生的不一样，像一个小药铺。架子上摆着许多青花小瓷坛，坛口塞了绵纸卷紧的塞子，坛肚子上贴着浅黄蜡笺的签子，写着"九一丹""珍珠散""冰片散"……
到处还有一些大大小小的乳钵，药碾子、药臼、嘴刀、剪子、
镊子、钳子、钎子、往耳朵和喉咙里吹药用的铜鼓……他这个
医生是"男妇内外大小方脉"，就是说内科、外科、妇科、儿
科，什么病都看。王家三代都是如此。外科用的药，大都是
"散"——药面子。"神仙难识丸散"，多有经验的医生和药
铺的店伙也鉴定不出散的真假成色，都是一些粉红的或雪白的
粉末。虽然每一家药铺都挂着一块小匾"修合存心"，但是王
淡人还是不相信。外科散药里有许多贵重药：麝香、珍珠、冰
片……哪家的药铺能用足？因此，他自己炮制。他的老婆、
儿女，都是他的助手，经常看到他们抱着一个乳钵，握着乳
锤，一圈一圈慢慢地磨研（散要研得极细，都是加了水"乳"
的）。另外，找他看病的多半是乡下来的，即使是看内科，他
们也不愿上药铺去抓药，希望先生开了方子就给配一服，因
此，他还得预备一些常用的内科药。

城里外科医生不多——不知道为什么，大家对外科医生都
不大看得起，觉得都有点"江湖"，不如内科清高，因此，王
淡人看外科的时间比较多。一年也看不了几起痈疽重症，多半
是生疮、长疖子，而且大都是七八岁狗都嫌的半大小子。常常
看见一个大人带着头上生瘌痢的瘦小子，或一个长疖腮的胖小
子走进王淡人家的大门；不多一会儿，就又看见领着出来了。
生瘌痢的涂了一头青黛，把一个光秃秃的脑袋涂成了蓝的；生

疟腮的腮帮上画着一个乌黑的大圆饼子——是用掺了冰片研出的陈墨画的。

这些生疮、长疖子的小病症，是不好意思多收钱的——那时还没有挂号收费这一说。而且本地规矩，熟人看病，很少当下交款，都得等"三节算账"——端午、中秋、过年。忘倒不会忘的，多少可就"各凭良心"了。有的也许为了高雅，其实为了省钱，不送现钱，却送来一些华而不实的礼物：枇杷、扇子、月饼、莲蓬、天竺果子、蜡梅花。乡下来人看病，一般倒是当时付酬，但常常不是现钞，或是二十个鸡蛋，或一升芝麻，或一只鸡，或半布袋鹌鹑！遇有实在困难，什么也拿不出来的，就由病人的儿女趴下来磕一个头。王淡人看看病人身上盖着的破被，鼻子一酸，就不但诊费免收，连药钱也白送了。王淡人家吃饭不致断顿——吃扁豆、瓢菜、小鱼、糙米——和炸鹌鹑！穿衣可就很紧了。淡人夫妇，十多年没添置过衣裳。只有儿子女儿一年一年长高，不得不给他们换换季。有人说：王淡人很傻。

王淡人是有点傻。去年、今年，就办了两件傻事。

去年闹大水。这个县的地势，四边高，当中低，像一个水壶，别名就叫作盂城。城西的运河河底，比城里的南北大街的街面还要高。站在运河堤上，可以俯瞰城中鳞次栉比的瓦屋的屋顶；城里小孩放的风筝，在河堤游人的脚底下飘着。因此，这地方常闹水灾。水灾好像有周期，十年大闹一次。去年

161

闹了一次大水。王淡人在河边钓鱼，傍晚听见蛤蟆爬在柳树顶上叫，叫得他心惊肉跳，他知道这是不祥之兆。蛤蟆有一种特殊的灵感，水涨多高，它就在多高处叫。十年前大水灾就是这样。果然，连天暴雨，一夜西风，运河决了口，浊黄色的洪水倒灌下来，平地水深丈二，大街上成了大河。大河里流着箱子、柜子、死牛、死人。这一年死于大水的，有上万人。大水十多天未退，有很多人困在房顶、树顶和孤岛一样的高岗子上挨饿；还有许多人生病：上吐下泻，痢疾伤寒。王淡人就用了一根结结实实的撑船用的长竹篙拄着，在齐胸的大水里来往奔波，为人治病。他会水，在水特深的地方，就横执着这根竹篙，泅水过去。他听说泰山庙北边有一个被大水围着的孤村子，一村子人都病倒了。但是泰山庙那里正是洪水的出口，水流很急，不能容舟，过不去！他和四个水性极好的专在救生船上救人的水手商量，弄了一只船，在他的腰上系了四根铁链，每一根又分在一个水手的腰里，这样，即使是船翻了，他们之中也可能有一个人把他救起来。船开了，看着的人的眼睛里都蒙了一层眼泪。眼看这只船在惊涛骇浪里颠簸出没，终于靠到了那个孤村，大家发出了雷鸣一样的欢呼。这真是玩儿命的事！

水退之后，那个村里的人合送了他一块匾，就是那块"急公好义"。

拿一条命换一块匾，这是一件傻事。

另一件傻事是给汪炳治搭背，今年。

汪炳是和他小时候一块掏蛐蛐、放风筝的朋友。这人原先很阔。这一街的老人到现在还常常谈起他娶亲的时候，新娘子花鞋上缀的八颗珍珠，每一颗都有指头顶子那样大！这家伙，吃喝嫖赌抽大烟，把家业败得精光，连一片瓦都没有，最后只好在几家亲戚家寄食。这一家住三个月，那一家住两个月。就这样，他还抽鸦片！他给人家熬大烟，报酬是烟灰和一点膏子。他一天夜里觉得背上疼痛，浑身发热，早上歪歪倒倒地来找王淡人。

王淡人一看，这是个有名有姓的外症：搭背。说："你不用走了！"

王淡人把汪炳留在家里住，管吃、管喝，还管他抽鸦片——他把王淡人留着配药的一块云土抽去了一半。王淡人祖上传下来的麝香、冰片也为他用去了三分之一。一个多月以后，汪炳的搭背收口生肌，好了。

有人问王淡人："你干吗为他治病？"王淡人倒对这话有点不解，说："我不给他治，他会死的呀。"

汪炳没有一个钱。白吃，白喝，白治病。病好后，他只能写了很多鸣谢的帖子，贴在满城的街上，为王淡人传名。帖子上的言辞倒真是淋漓尽致，充满感情。

王淡人的老婆是很贤惠的，对王淡人所做的事没有说过一个"不"字。但是她忍不住要问问淡人："你给汪炳用掉的

163

麝香、冰片，值多少钱？"王淡人笑一笑，说："没有多少钱。——我还有。"他老婆也只好笑一笑，摇摇头。

王淡人就是这样，给人看病，看"男女内外大小方脉"，做傻事，每天钓鱼。一庭春雨，满架秋风。

你好，王淡人先生！

合 锦

　　魏小坡原是一个钱谷师爷。"师爷"是衙门里对幕友的尊称，分为两类。一类是参谋司法行政的，称为"刑名师爷"；一类是主办钱粮、税收、会计的，称为"钱谷师爷"。刑名师爷亦称"黑笔师爷"；钱谷师爷亦称"红笔师爷"。他们有点近乎后来的参谋、秘书班子。虽无官职，但出谋划策，能左右主管官长的思路举措。师爷是读书人考取功名以外的另一条生活途径，有他们自己的一套价值观念。求财取利的法门，也是要从师学习的。师爷自成网络，互通声气，翻云覆雨，是中国的吏治史上的一种特殊人物。师爷大都是绍兴人，鲁迅文章中曾经提到过。京剧《四进士》中道台顾读的师爷曾经挟带赃款，不辞而别，把顾读害得不浅。清室既亡，这种人没有了，代之而起的是秘书、干事。但是地方官有些事，如何逢迎辖治、推诿延宕……还得把老师爷请去，在"等因奉此"的公文稿上斟酌一番，趋避得体，动一两句话，甚至改一两个字，果然是"一鞭一条痕，一掴一掌血"，老辣之至。事前事后，当官的自然不会叫他们白干，总得有一点"意思"。

魏小坡一家已经三代在这个县城当师爷。"民国"以后就洗手不干了，在这里落户定居。除了说话中还有一两句绍兴字眼，如"娘东戳杀"，吃菜口重，爱吃咸鱼和霉干菜，此外已经和本地人没有什么两样。他在钱家伙买了四十亩好田（他是钱谷师爷，对田地的高低四至、水源渠堰自然非常熟悉），靠收租过日子。虽不算缙绅之家，比起"挑箩把担"的，在生活上却优裕得多。

他的这座房屋的格局却有些特别，或者也可以说是不成格局。大门朝西，进门就是一台锅灶。有锅三口：头锅、二锅、三锅。正当中是一个矮饭桌，是一家人吃饭的桌子。魏小坡家人口不多，只有四口人。不知道为什么在这样的矮桌上吃饭。南边是两间卧室，住着魏小坡的两个老婆，大奶奶和二奶奶。两个老婆是亲姊妹。姊妹二人同嫁一个丈夫，在这县城里并非绝无仅有。大奶奶进门三年，没有生养，于是和双亲二老和妹妹本人商量，把妹妹也嫁过来。这样不但妹妹可望生下一男半女，同时姊妹也好相处，不会像娶个小搅得家宅不安。不想妹妹进门三年仍是空怀，姐姐却怀上了，生了一个儿子！

大奶奶为人宽厚。佃户送租子来，总要留饭，大海碗盛得很满，压得很实。没有什么好菜，白菜萝卜烧豆腐总是有的。

锅灶间养着一只狮子玳瑁猫，一只黄狗。大奶奶每天都要给猫用小鱼拌饭，让黄狗嚼得到骨头。

出锅灶间，往后，是一个不大的花园。魏小坡爱花。连翘、紫荆、碧桃、紫白丁香……都开得很热闹。魏小坡一早临写一遍《九成宫醴泉铭》，就趿着鞋子弄他的那些花。八月，他用莲子（不是用藕）种了一缸小荷花，从越塘捞了二三十尾小鱼秧养在荷花缸里，看看它们悠然来去，真是万虑俱消，如同置身濠濮之间。冬天，蜡梅怒放，天竺透红。

说魏家房屋格局特别是小花园南边有一小侧门，出侧门，地势忽然高起，高地上有几间房，须走上五六级"坡台子"（台阶）才到。好像这是另外一家似的。这是给儿子结婚用的。

魏小坡的儿子名叫魏潮珠（这县西边有一口大湖，叫甓射湖，据说湖中有神珠，珠出时极明亮，岸上树木皆有影，故湖亦名珠湖）。魏大奶奶盼着早一点抱孙子，魏潮珠早就定了亲，就要办喜事。儿媳妇名卜小玲，是乾陞和糕饼店的女儿，两家相距只二三十步路。

我陪我的祖母到魏家去（我们两家是斜对门）。魏家的人听说汪家老太太要来，全都起身恭候。祖母进门道了喜，要去看看魏小坡种的花。"嗯，花种得好！花好月圆，兴旺发达！"她还要到后面看看。后面的房屋正中是客厅，东边是新房，西边一间是魏潮珠的书房，全都裱糊得四白落地，簇崭新。我对新房里的陈设、书房里的古玩全都不感兴趣，只有客厅正面的画却让我觉得很新鲜。画的是苍劲的梅花。特别处是分开来挂，是四扇屏；相挨着并挂，却是一个大横幅。这样的画我没有见过。回去问父亲，父亲说："这叫'合锦'，这样的画品格低俗，和一个钱谷师爷倒也相配。他这堂画用的是真西洋红，所以很鲜艳。"

卜小玲嫁过来，很快就怀了孕。

魏大奶奶却病了，吃不下东西，只能进水，不能进食，这是"噎嗝"。"风痨气臌噎嗝，阎王请的客"，这是不治之症，请医服药，只能拖一天算一天。

一天，大奶奶把二奶奶请过来，交出一串钥匙，对妹妹说："妹妹，我不行了，这个家你就管起吧。"二奶奶说："姐姐，你放心养病。你这病能好！"可是一转眼，在姐姐不留神的时候，她就把钥匙掖了起来。

没有多少日子，魏大奶奶"驾返瑶池"了，二奶奶当了家。

二奶奶持家和大奶奶大不相同。她非常啬刻。煮饭量米，一减再减，菜总是煮小白菜、炒豆腐渣。女用人做菜，她总是嫌油下得太多。"少倒一点！少倒一点！这样下油法，万贯家财也架不住！"咸菜煮小鱼、药芹（水芹菜），这是荤菜。她的一个特点是不相信人，对人总是怀疑、嘀咕、提防，觉得有人偷了她什么。一个女用人专洗大件的被子、帐子，通阴沟、倒马桶，力气很大。"她怎么力气这样大呢？"于是断定女用人偷吃了泡锅巴。丢了一点什么不值几个钱的东西：一块布头、一团烂毛线。她断定是出了家贼，"家贼难防狗不咬！"有一次丢失了一个金戒指，这可不得了，搅得天翻地覆。从里到外搜了用人身子，翻遍了被褥，结果是她自己藏在梳头桌的小抽屉里了！卜小玲坐月子，娘家送来两只老母鸡炖汤。汤放在儿媳妇"迎桌"的砂锅里。二奶奶用小调羹舀了一勺，聚精会神地尝了尝。卜小玲看看婆婆的神态，知道她在琢磨吴妈是不是偷喝了鸡汤又往汤里兑了开水。卜小玲很生气，说："吴妈是我小时候的奶妈，我是喝了她的奶长大的，她不会偷喝我的鸡汤！婆婆，你就放心吧！你连吴妈也怀疑，叫我感情上很不舒服！"——"我这是为你！知人知面不知心，难说！难说！"卜小玲气得面朝里，不理婆婆："什么人哩！"二奶奶这样多疑，弄得所有的人都不舒服。原来有说有笑、和和气气的一家人，弄得清锅冷灶，寂淡无聊。谁都怕不定什么时候触动二奶奶的一根什么筋，二奶奶的脸上"唰"的一下就挂下了一层六月严霜。猫也瘦了，狗也瘦了，人也瘦了，花也瘦了。二奶奶从来不为自己的多疑觉得惭愧，觉得对不起人。她觉得理所应当。魏小坡说二奶奶不通人情，她说："过日子必须刻薄成家！"魏小坡听见，大怒，拍桌子大骂："下一句是什么？"①

魏家用过几次用人，有一回一个月里竟换了十次用人。荐头店②要帮人的，听说是魏家，都说："不去！"

后客厅的梅花"合锦"第三条的绫边受潮脱落了，魏小坡几次说拿到裱画店去修补一下，二奶奶不理会。这个屏条于是老是松松地卷着，放在条几的一角。

---

①这是朱伯庐《治家格言》中的话，"刻薄成家"下一句是"理无久享"。

②荐头店是专为介绍女佣的店铺，或称为"荐头行"。

莱生小爷

莱生小爷家有一只鹦鹉。

莱生小爷是我们本家叔叔。我们那里对和父亲同一辈的弟兄很少称呼"伯伯""叔叔"的，大都按他们的年龄次序称呼"大爷""二爷""三爷"……年龄小的则称之为"小爷"。汪莱生比我父亲小好几岁，我们就叫他"小爷"。有时连他的名字一起叫，叫"莱生小爷"，当面也这样叫。他和我父亲不是嫡堂兄弟，但也不远，两房是常走动的。

莱生小爷家比较偏僻，大门开在方井巷东口。对面是一片菜园。挨着莱生小爷家，往西，只有几户人家。再西，出巷口即是"阴城"。阴城即一片乱葬岗子，层层叠叠埋着许多无主孤坟，草长得很高。

　　我的祖母——我们一族人都称她"太太"，有时要出门走走，常到方井巷外看看野景，吩咐种菜园的人家送点菜到家里。菜园现拔的菜叫"起水鲜"，比上市买的好吃。下霜之后的乌青菜（有些地方叫塌苦菜或塌棵菜）尤其鲜美，带甜味。太太到阴城看了野景，总要到莱生小爷家坐坐，歇歇脚，喝一杯小婶送上来的热茶，说些闲话，问问今年的收成，问问楚中——莱生小爷的大舅子、小婶的大哥的病好些了没有。

　　太太到方井巷，都叫我陪着她去。

　　太太和小婶说着话，我就逗鹦鹉玩。

　　鹦鹉很大，绿毛，红嘴，用一条银链子拴在一个铁架子上。它不停地蹿来蹿去，翻上翻下，呷呷地叫。丢给它几颗松子、榛子，它就嘎巴嘎巴咬开了吃里面的仁。这东西的嘴真硬，跟钳子似的。我们县里只有这么一只鹦鹉，绿毛、红嘴，真好玩。莱生小爷不知是从哪里买来的。

　　莱生小爷整天没有什么事。他在本家中家境是比较好的，从他家里的摆设用具、每天的饭菜就看得出来——我们的本家有一些是比较穷困的，有的竟是家无隔宿之粮。他田地上的事，看青、收租，自有"田禾先生"管着。他不出大门，不跟

172

人来往，与人不通庆吊。亲戚家有娶亲、做寿的，他一概不到，由小婶用大红信套封一份"敬仪"送去。他只是喂鹦鹉一点食，就钻进后面的书房里。他喜欢下围棋，没有人来和他对弈，他就一个人摆棋谱，一摆一上午。他养了十来盆蒲草。一盆种在一个小小的钧窑瓷盆里，其余的都排在天井里的石条上。他不养别的花。每天上午用一个小喷壶给蒲草浇一遍水，然后就在藤椅上一靠，睡着了，一直到孩子喊他去吃饭。

他食量很大，而且爱吃肥腻的东西。冰糖肘子、红烧九转肥肠、"青鱼托肺"——烧青鱼内脏。家里红烧大黄鱼，鱼鳔照例归他——这东西黏黏糊糊的，黏得糊嘴，别人也不吃。

他一天就是这样，吃了睡，睡了吃，无忧无虑，快活似神仙。直到他的小姨子肖玲玲来了，才在他的生活里激起了一阵轩然大波。

肖玲玲是小婶的妹妹。她在上海两江女子体育师范读书。放暑假，回家乡来住住。肖玲玲这两年出落得好看了。脸盘、身材都发生了变化。在上海读了两年书，说话、举止都带了点上海味儿。比如，她称呼从前的女同学都叫"密斯X"，穿的衣服都很抱身儿。这个小城里的人都说她很"摩登"。她常到大姐家来，姊妹俩感情很好，有说不完的话。玲玲擅长跳舞，北欧土风舞、恰尔斯顿舞（这些舞在体育师范都是要学的）。她读过的中学请她去教，她也很乐意："one two three four，一、二、三、四，二、二、三、四……"

173

玲玲来了，莱生小爷就目不转睛地看着她，听她说话，一脸傻气。

　　他忽然向小婶提出一个要求，要娶玲玲做二房。小婶以为她听岔了音，就说："你说什么？"——"我要娶玲玲，让她做小，当我的姨太太！"——"你这说的是什么话！快别再说了，叫人家听见了笑话。我们是亲姊妹。有姊妹俩同嫁一个男人的吗？有这种事吗？"——"有！古时候就有，娥、娥、娥……"小爷说话有点结巴，"娥"了半天也没有"娥"出来，小婶觉得又好气，又好笑。

　　打这儿起，就热闹了。莱生小爷成天和小婶纠缠，成天地闹。

　　"我要玲玲，我要玲玲！"

　　"我要玲玲嫁我！"

　　"我要玲玲做小！"

　　"娶不到玲玲，我就不活了，我上吊！"

　　小婶叫他闹得不得安生，就说："要不你去找我大哥肖楚中说说去，问问玲玲本人。"

　　"我不去，你替我去！"

　　小婶叫他闹得没有办法，就回娘家找大哥肖楚中。

　　肖家没有多少产业，靠肖楚中在中学教英文，按月有点收入。他有胃病，有时上课胃疼，就用铅笔顶住胃部，但是亲友婚嫁，礼数不缺。

小婶跟大哥说：

"莱生要娶玲玲做小。"

肖楚中听明白了，气得浑身发抖。

"放屁！有姊妹二人嫁一个男人的吗？"

"他说有，娥皇女英就是这样的。"

"放屁！娥皇女英是什么时代的事，现在是什么时代？难道能回到唐尧虞舜的时代吗？这是对玲玲的侮辱，也是对我肖家的侮辱！亏你还说得出口，替这个浑蛋来做这种说客！"

"我是叫他闹得没有办法！他说他娶不到玲玲就要上吊。"

"他爱死不死！你叫他吓怕了，你太懦弱！——这事你千万别跟玲玲提起！"

"那怎么办呢？"

"不理他！——我有办法，他再闹，我告到二太爷那里去（二太爷是我祖父，算是族长）。把他捆起来送到祠堂里打一顿，他就老实了！这是废物一个，好吃懒做的寄生虫，真是异想天开，莫名其妙！"

小婶把大哥的话一五一十传给了汪莱生。真要是送到祠堂里打一顿，他也有点害怕。这以后他就不再胡搅蛮缠了，但有时还会小声嘟囔："我要玲玲，我要娶玲玲……"

他吃得还是那么多，还是爱吃肥腻。

有一天，吃完饭，莱生回他的书房，走在石头台阶上，一

175

脚踩空，摔了一跤。小婶听见"咕咚"一声，赶过来一看，他起不来了。小婶自己，两个孩子，还叫了挑水的老王，一起把他抬到床上去。他块头很大，真重！在床上躺下后，已经中风失语。

小婶请来刘老先生（这是有名的中医）。刘先生看看莱生的舌苔、眼睛，号了号脉，开了一个方子。前面医案上写道：

"贪安逸，食厚味，乃致病之源。拟投以重剂，活血化瘀。"小婶看看药方，有犀角、麝香，知道这都是大凉通窍的药，而且知道这服药一定很贵。

刘老先生喝着小婶给他倒的茶，说："他的病不十分要紧，吃了这药，一个月以后可以下地。能走动了，叫他出去走走。人不能太闲，太闲了，好人也会闲出病来的。"

一个月后，莱生小爷能坐起来，能下地走走了，人瘦了一大圈。他能说话了，但是话很少。他又添了一宗毛病，成天把玻璃柜橱的门打开，又关上；打开，又关上。嘴里不停地发出拉胡琴定弦的声音：

"gà gi，gi gà，gà gi，gi gà……"

然后把柜橱的铜环摇动得山响：

"哗啦哗啦哗啦……"

很难说他得了神经病，但可说是成了半个傻子。

"gà gi，gi gà，gi gà……"

"哗啦哗啦哗啦。"

我离乡日久，不知道莱生小爷后来怎么样了。按年龄推算，他大概早已故去。我有时还会想起他来，想起他的鹦鹉，他的十来盆蒲草。

戴车匠

　　"戴车匠"在我们那里不但是一个人，一间小店，还是一个地名。他住在东街与草巷相交的地方。东街与草巷相交处大家称为草巷口。但对我们来说这实在不够精确。虽然东街也还比不上别处的巷子大，但街与巷相交总就有四个"口"，左边右边，这边那边。大人们凡事都含糊，因为他们生活中只需这么含糊即可对付过去。我们可不成。比如：巷口街这边有个老太婆摆摊子，卖的是桃子、杏子、香瓜、柿饼、牙枣子、风菱

178

荠、杨花萝卜，泥娃娃，啯啯鸡；对面也有一个老太婆，卖的是啯啯鸡，泥娃娃（有好多种），杨花萝卜（我在别处虽亦见过这种水红色，粗长如指，杨花飞时挑出来卖，生嚼凉拌都脆爽细嫩无比的萝卜，可是没有吃过，我总觉不是我们故乡的那一种，仅仅略具形似而已）、风荸荠、牙枣子、桃子、杏子、香瓜，还有柿饼子，完全一样！你说这怎么办？有时还好，可以随便；在她们生意都还不错，在有新货下市的时候，她们彼此也都和颜悦色的时候，亲热得像对老姊妹的时候，那就无所谓，我们买谁的都觉得一样。这边那边，一样。有时，可就麻烦，又要处心积虑，又要临时见机，又要为自己利益打算，又要用自己几个钱和显明的倾向态度来打抱不平。而且我们之间意见常不一样。那就得辩论，甚至出恶言恶声，吵闹起来，要麻油拌芥菜，各有心中爱，各走各的路。完了，我们之间有一道鸿沟！要十分钟，或半点钟，或半天，甚至三两天，时间才填平了它，又志同道合，莫逆无间，不恨不轻视。这两个老太婆又有时这个显得比那个穷，有时那个显得比这个弱。有时这边得到侄儿一点资助，买了一堆骄傲的货色，盛气凌人，不可一世。有时那个的女儿给她做了件新毛蓝布褂子，她就觉得不屑与裤裆里都有补丁的人相较量。她们老是骂架，一骂一整天，老是那些话，骂骂，歇歇，又骂骂。做一笔买卖，数钱拣货；青菜汤送下一大碗干饭，这就有时间准备新的武器，聚了一堆她们自以为更泼辣淋漓的言语，投过去，抛回来，希望伤

179

人要害。这对我们说起来，未免可厌，因为骂人都不好看。尤其她们相骂时，大都是坏天气，全世界都不舒服的时候。她们的生意都非常坏，摊子上尽是些陈旧干瘪的货品，又稀少可怜。她们的狠毒注在颓老之中，像下雨天城门口的泥泞。她们的肝火焚烧她们的太阳穴，她们的头发披下来，她们都无望无助，孤苦凄怆，哀痛欲绝。——为什么没有人劝劝她们呢？你想想看，手放在口袋里，搓摩着温热的铜钱，我们何以为情？我们立着看了半天，渐渐已忘记了想买的东西；不想吃什么，也不想玩什么，为一种十分深沉的痛楚所孕育，所教化。——有时，她们会扭住衣角和一点小小发髻打起来。一面低嘶诅咒一面打。她们都打不动了，然而她们用坚硬的瘦骨相冲撞，撕，咬，抓头发，拉破别人的衣服。一场心余力拙，松懈干枯的争斗。她们会有一天有一个打死的。不是死在人手上，自己站脚不稳，踉踉跄跄一跤摔在石头角上碰破脑袋死去。……啊，不说这个吧。告诉你这些只是借此而告诉你虽是那么一街之隔，但是距离多远。所以不能含糊。所以不能含糊地说是"草巷口"。草巷口一边是个旱烟店，另一边是戴车匠店。你看要是有个提小面人的来了，吹糖人的来了，耍木偶戏的来了，背负韦驮、化缘的游方僧人来了，走江湖挂水碗的来了，各种各样惊心动魄的人物事情在那里出现，我们飞奔着去看，你要是说"草巷口"，那多急人。你一说"戴车匠家"，就多省事明白。大家就一直去，不需东张西望。"戴车匠""戴车匠"，这在我们不是三个字，是相连不可分，成为一体的符号。戴车匠是一点，集聚许多东西，是一个中心，一个底子。这是我们生活中的一格，一区，一个本土和一个异国，我们的岁月的一个见证。我们说"戴车匠家"，不说"戴车匠家门前"。一则那么说太啰唆，再一个我们似把门外这一切活动，一切景物、情感都收纳到他的那间小店里去，似乎是属于它，为它所有；为他，为戴车匠所有了；虽然戴车匠的铺子那么那么小，戴车匠是不沾蘸什么的那么一个人。戴车匠是一颗珠子，从水里拿出来，不留一滴。——正因为他是那么一个人吧。

（说这些毫无意思！既已说了，说了算数。）

我记得戴车匠的板壁上贴的一副小红春联，每年都是那么两句，极普通常见的两句：

室雅何须大
花香不在多

虽是极普通常见，甚至教人觉得俗，俗得令人厌恶反感，可是贴在戴车匠家就有意义，合适，感人。虽然他那半间店面说不上雅不雅，而且除了过年插一枝山茶，端午菖蒲、艾叶、石榴花，八九月或者偶然一枝桂、一朵白荷以外，平常也极少插花。——插花的壶是总有一个的，老竹根，他自己车床上琢出来的，总供在一个极高的方几上。说是"供"，不是随便说，确是觉得那有一种恭敬，一种神圣，一种寄托和一种安慰，即使旁边没有那个小小的瓦香炉，后面不贴一小幅神像。我想我不是自以为然，确是如此。我想，你若是喜爱那个竹根壶，想花钱向他买来，戴车匠准是笑笑，"不卖的。"戴车匠一生没有遇过几个这样坚老奇怪的根节，一生也不会再为自己车旋一个竹壶。它供在那里已经多少年，拿去了你不是叫他那个家整个变了个样子？他没有想得太多，可是卖这个壶是他从来没有想到过的。他只有那么一句话，笑笑，"不卖的"。别的回答他不知道，他不考虑。你若是真的去要，他也高兴。因为有人喜爱他喜爱得成了习惯的东西，你就醅新了他的感情。他也感激你，但他只能说："我给你留意吧，要再遇到这样的竹子，会留意的。"他当真会留意的，他忘不了。有了，他就做好，放在高高的地方，等你去发现，来拿。——你自然会发现，因为你天天经过，经过了总要看一看。他那个店面是真小。小，而充实。

小，而充实。堆着，架着，钉着，挂着，各种各样的东西。留出来的每一空间都是必需的。从这些空间里比从那些物件上更看出安排的细心，温情，思想，习惯，习惯的修改与新习惯的养成，你看出一个人怎么样过日子。

当门是一具横放的榉木车床，又大又重，坚硬得无从想象可以用到什么时候。它本身即代表了永远。那是永远也不会移动的，简直好像从地里长出来的，一个稳定而不表露的生命。这个车床可能比戴车匠岁数还要大，必是他父亲兼业师所传留下来的。超过需要的厚实是前代人的制作方式。（我们看从前的许多东西老觉得一个可以改成两三个用。）这个车床的形貌有些地方看起来不大讲究。有的因材就用，不拘小节，歪着扭着一点就听它歪着扭着一点，不削斫太多以求其平直，然而这无妨于它大体的俨然方正。用了这许多年了，许多不光滑之处，斧凿痕迹还摸得出，可是接榫卡缝处吻投得真紧，真确切，仿佛天生的一个架子，不是一块块拼拢来的。多少年了，不摇，不晃，不走一点样！这个车床占了几乎二分之一的店堂，显然这是最重要的东西，其余一切全附属于它，且大半是从这个车床上做出来的。大车床里头是一个小车床。戴车匠做一点小巧东西则在小车床上。那就轻便得多，秀气得多，颜色也浅，常擦磨处呈牙黄色，光泽异常，木理依约可见，这是后来戴车匠自己手制的。再往里去，一伸手是那张供香炉竹壶的高几。车床后面有仅容一人的走道。挨着靠墙而放的一条桌向里去，是内室了。想来是一床，一灯案，低梁小窗，紧凑而不过分杂乱。当有一小侧门，通出去是个狭长小天井。看见一点云，一点星光，下雨天雨水流在浅浅的阴沟里。天井中置水缸两口，一吃一用；煮饭烧茶风炉两只。墙荫凤仙花自开自落，砖缝里几丝草，在轻风中摇曳，贴地爬着几片马齿苋，有灰蓝色螟蛾飞息。凡此虽非目睹，但你见过许多这样格局的房子，原是极契熟的。其实即从外面情形，亦不难想象得知。——他吃饭用的碗筷放在哪里呢？条桌上首墙上，他挖开了一块，四边钉板，安小门两扇，这就成了个柜子。分成几槅，不但碗筷，他自己的茶叶罐子烟荷包，重要小工具，祖传手绘的图样，订货的底子，跟他儿子的纸笔，女人的梳头家私，全都有了妥帖放处。屈半膝在骨牌凳上，可以方便取得。我小时颇希望能有个房间，有那样一个柜子，觉得非常有趣。他的白蜡杆子，黄杨段子，桑木、枣木、梨木材料则搁在高几上一个特制架上，堆得不十分整齐，然而有一种秩序，超乎整齐以上的秩序。（车匠所需木料不多）架子的支脚翘出如壶嘴，就正好挂一个蝈蝈笼子！

戴车匠年纪还不顶大，他有时也想想老年时光，想得还很暧昧，不管惨切安和，总离着他还远，不迫切。他不是那种一步即跌入老境的人，他只是缓缓地，从容地与他的时光厮守。是的，他已经过了人生的峰顶。有那么一点地，战栗着，心沉着，急促地呼吸着，张张望望，彷徨不安，不知不觉中就越过了那一点。这一点并不突出，闪耀，戴车匠也许纪念着，也许忽略了。这就是所谓中年。

吃过了早饭，看儿子夹了青布书包（知道他的生书已经在油灯下读熟，为他欢喜），拿了零用钱，跳下台阶，转身走了，戴车匠还在条桌边坐了一会儿。天气真好。街上扫过不久，还极干净。店铺开了门的不少，也还有没有开的。这就都要一家一家地全打开的。也许有一家从此就开不了那几块排门了，不过这样的事究竟不多。巷口卖烧饼、油条的摊子热闹过一阵，又开始第二阵热闹了。烧饼槌子敲得极有精神（槌子是从戴车匠家买去的），油条锅里涌着金色泡沫。风吹着丁家棉线店的大布招卷来卷去。在公安局当书办的徐先生埋着头走来，匆忙地向准备好点头的戴车匠点一个头，过去了。一个党部工友提一桶浆子在对面墙上贴标语。戴车匠笑，因为有一张贴倒了。正看到知道一定有的那一张，"中华民国万岁"，他那把短嘴南瓜形老紫砂壶已经送得出来了，茶泡好了，这他就要开始工作了。把茶壶带过去，放在大、小车床之间的一个小几上，小几连在车床上。坐到与车床连在一起的高凳上，戴车匠也就与车床连在一起，是一体了。人走到他的工作之中去，是可感动的。先试试，踹两下踏板，看牛皮带活不活；迎亮看一看旋刀，装上去，敲两下；拿起一块材料，估量一下，眼睛细一细，这就起手。旋刀割削着木料，发出轻快柔驯的细细声音，狭狭长长，轻轻薄薄的木花吐出来……

木花吐出来，车床的铁轴无声而精亮，滑滑润润转动，牛皮带往来牵动，戴车匠的两脚一上一下。木花吐出来，旋刀服从他的意志，受他多年经验的指导，旋成圆球，旋成瓶颈状，旋苗条的腰身，旋出一笔难以描画的弧线，一个悬胆，一个羊角弯，一个螺纹，一个杵脚，一个瓢状的、铲状的空槽，一个银锭元宝形，一个云头如意形。……狭狭长长轻轻薄薄的木花吐出来，如兰叶，如书带草，如新韭，如番瓜瓢，戴车匠的背佝偻着，左眉低一点，右眉挑一点，嘴唇微微翕合，好像总在轻声吹着口哨。木花吐出来，挂一点在车床架子上，大部分从那个方洞里落下去，落在地板上，落在戴车匠的脚上。木花吐出来，婉转地，绵缠地，谐协地，安定地，不慌不忙地吐出来，随着旋刀悦耳的吟唱……

戴车匠上下午各连续工作两个时辰。其中稍稍中断几次，走下来拿点材料，翻翻图样，比较比较两批所做货色是否划一、给车轴加点油。做好了一个货色，握在手里，四方八面端详端详，再修一两刀，看看已经合乎理想，中规应矩了，就放在车床前一块狭狭板上，一个一个排起来。虽然他不赶急，但也十分盼待着把这块板上排得满满的吧。他笑他儿子写字总望一口气写满一张纸，他自己也未始不愿人知道他是个快手。这样的年纪也还有好胜心的。似乎他每天派给自己多少工作，把那点工作做好，即为满意。能分外多做几件就很按捺不住得意了。这点得意只有告诉他女人听，甚至想得到两句夸奖，一点慰劳，哈！他自然可以有时间抽一袋烟，喝两口茶，伸个懒腰；高兴，不怕难为情，也尽管哼两句朱买臣桃花宫老戏，他允许自己看半天洋老鼠踩车推磨——他的洋老鼠越来越多，它们的住家也特别干净，曲折；逗逗檐前黄雀，用各种亲密调侃言语。黄雀就竭其所能地唱起来，蓬松了脖子上的毛，耸耸肩，踢踢足，恣酣而矜庄地唝弄了半天，然后用珊瑚小嘴去啄一口食，饮一点水。戴车匠，可又认为它跟叫天子学了坏样，唱不成腔——初学养鸟人注意：凡百鸟雀不可与叫天子结邻并挂，叫天子是个嗓子冲而无修养训练的野狐禅唱歌家，油腔滑调，乱用表情！在合唱时尤其只听到它的荒怪的逞喉极叫。——一面戴车匠又俯到他的工作上去，有的时候，忽然，他停下来，那就是想到了一点什么事。或是记一记王老五请的一会什么时候该他自己首会了；或是儿子塾师过生，该备一点礼物送去，今年是整五十；或是刘长福托他斡旋一件什么事，那一头今天该给回话；或是澡堂里听来一个治风湿痛秘方，他麻二叔正用得着，可是六味药中有一味比较生疏，得去问问；或是，哦，老张呀，死了半年多，昨天夜里怎么梦见他了，还好好的，还是那样子，还说了几句话，话可一句也记不得了；老张儿子在湖西屠宰税上跑差，该没有什么吧？这就教他大概筹计筹计下午该往哪里走走，碰些什么人，做点什么事，怎么说那些话。他的手就扶上了左额，眯眼睛，不时眨一眨。甚至有时等不及吃饭时再说，就大声唤女人出来商量。有时，甚至立刻进去换了件衣服，拿了扇子就出去了，临走时关照下来：等不等他吃饭；有谁来让候一候还是明天再来；船上人来把挂在门柱上那一串东西交给他拿去，钱或现交或下次转来再带来都可以。……他走了，与他的店、他的车床小别。

平常日子，下午，戴车匠常常要出去跑跑，车匠店就空在那儿。但是看上去一点都不虚乏，不散漫，不寂寞，不无主。

仍旧是小，而充实。若是时间稍久，一切，店堂，车床，黄雀，洋老鼠，蝈蝈，伸进来的一片阳光，阳光中浮尘飞舞，物件，空间；隔壁侯银匠的槌子声音与戴车匠车床声音是不解因缘，现在银匠槌子敲在砧子上像绳索少了一股；门外的行人，屋后补着一件衣服的他的女人，都在等待，等待他回来，等待把缺了一点什么似的变为完满。——戴车匠店的店身特别高，为了他的工作（第一木料就怕潮），又垫了极厚的地板，微仰着头看上去有一种特别感觉。也许因为高，有点像个小戏台，所以有那种感觉吧。——自然不完全是。

戴车匠所做东西我们好多叫不出名字，不知道干什么用的。比如二尺长的大滑车，戴车匠告诉我是湖里粮船上用的，因为没有亲身验证，所以都无真切印象。——也许后来，我稍长大，有机会在江湖漂泛，看见过的，但因为悬结得那么高，又在那么大的帆前面，那么大的船，那么大的水，汪洋浩瀚之中，这么一个滑车看上去也算不得什么了吧。人也大了，不复充满好奇，凡百事多失去惊愕兴趣了。——不过在大帆船上看那些复杂绳索在许多滑车之中溜动牵引，上上下下，想到它们在航行时所起的作用，仍是极迷人的。我真希望向戴车匠询问各种滑车号数，好到船上混充内行！滑车真多，一串一串挂在梁上。也许戴车匠自己也没有看人怎么样用它吧？不过不要紧，有烧饼槌子，搓烧卖皮子小棒，擀面杖，"之"字形活动衣架，蝇拂上甘露子形状柄子……他随处可以看见自己手里做出来的东西在人手里用。老太太们都有个捻线锤，早晚不离手的在巷口廊前搓，一面与人谈桑麻油米、儿女婚嫁。木椀木杓是小儿恩物，轻便，发脾气摔在地下不致挨打挨骂，敲着橐橐的响又可以想它是个什么它就是个什么，木鱼，更柝，取鱼梆子，还有你想也想不出的什么声音的代表。——不过自从我有一次听说从前大牢里的囚犯是以木椀吃饭的，则不免对这个东西有了一种悲惨印象。自然这与戴车匠没有什么关系，不该由他负责。看见有人卖放风筝绕线用的小车子，我们眼中盈盈的是羡慕的光。我们放的是酒坛，三尾，瓦片，不知什么时候才能使用这么豪侈的器械。啊，我们是忘不了戴车匠的。秋天，他给我们做陀螺，做空钟。夏天，做水枪。春天，竹蜻蜓。过年糊兔儿灯，我们去买轱辘，戴车匠看着一个一个兔儿灯从街上牵过去，在结了一点冰的街上，在此起彼伏的锣鼓声中，爆竹硝黄气味，影影沉沉纸灯柔光中。但我最喜欢的还是爬上高台阶向他买"螺蛳弓"。别处不知有无这样的风俗，清明，抹柳球，种荷秧，还吃螺蛳。家家悉煮五香螺蛳一锅，街上也有卖的。一人一碗，坐在门槛上一个一个掏出去吃。吃倒没有什么（自然也极鲜美），主要还是把螺蛳壳用螺蛳弓一个一个打出去。——这说起不易清楚，明年春天我给你做一个吧。戴车匠做螺蛳弓卖。我们看着他做，自己挑竹子，选麻线，交他一步一步做好，戴车匠自己在小几上蓝花大碗中拈一个螺蛳吃了，螺壳套在"箭"上，很用力的样子（其实毫不用力）拉

189

开，射出去，半天，听"嘚嘚"地落在瓦沟里（瓦匠扫屋，每年都要扫下好些螺壳来），然后交给我们。——他自己儿子那一把弓特别大，有劲，射得远。戴车匠看着他儿子跟别人比射，细了眼睛，半晌，又没有什么意义地摇摇头。

为什么要摇摇头呢？也许他想到儿子一天天大起来了吗？也许。我离开故乡日久，戴车匠如果还在，也颇老了。我不知因何而觉得他儿子不会再继续父亲这一行业。车匠的手艺从此也许竟成了绝学，因为世界上好像已经不需要那许多东西，有别种东西替代了。我相信你们之中有很多人根本就无从知道车匠店到底是怎么回事，你们没有见过。或者戴车匠是最后的车匠了。那么他的儿子干什么呢？也许可以到铁工厂里当一名练习生吧。他是不是像他父亲呢，就不知道了。——很抱歉，我跟你说了这么些平淡而不免沉闷的琐屑事情，又无起伏波澜，又无镕裁结构，逶逶迤迤，没一个完。真是对不起得很。真没有法子，我们那里就是这样的，一个平淡沉闷，无结构起伏的城，沉默的城；城里充满像戴车匠这样的人；如果那也算是活动，也不过就是这样的活动。——嗯，不尽然，当然，下回我们可以说一点别的。我想想看。

詹大胖子

　　詹大胖子是五小的斋夫。五小是县立第五小学的简称。斋夫就是后来的校工、工友。詹大胖子那会儿，还叫作斋夫。这是一个很古老的称呼。后来就没有人叫了。"斋夫"废除于何时，谁也不知道。

　　詹大胖子是个大胖子。很胖，而且很白。是个大白胖子。尤其是夏天，他穿了白夏布的背心，露出胸脯和肚子，浑身的肉一走一哆嗦，就显得更白，更胖。他偶尔喝一点酒，生一点气，脸色就变成粉红的，成了一个粉红脸的大白胖子。

五小的校长张蕴之、学校的教员——先生，叫他詹大。五小的学生叫他的时候必用全称：詹大胖子。其实叫他詹胖子也就可以了，但是学生都愿意叫他詹大胖子，并不省略。

一个斋夫怎么可以是一个大胖子呢？然而五小的学生不奇怪。他们都觉得詹大胖子就应该像他那样。他们想象不出一个瘦斋夫是什么样子。詹大胖子如果不胖，五小就会变样子了。詹大胖子是五小的一部分。他当斋夫已经好多年了。似乎他生下来就是一个斋夫。

詹大胖子的主要职务是摇上课铃、下课铃。他在屋里坐着。他有一间小屋，在学校一进大门的拐角，也就是学校最南端。这间小屋原来盖了是为了当门房即传达室用的，但五小没有什么事可传达，来了人，大摇大摆就进来了，詹大胖子连问也不问。这间小屋就成了詹大胖子的宿舍。他在屋里坐着，看看钟。他屋里有一架挂钟。这所学校有两架挂钟，还有一架在教务处。詹大胖子一早起来第一件事便是上这两架钟。咔啦咔啦，上得很足，然后才去开大门。他看看钟，到时候了，就提了一只铃铛，走出来，一边走，一边摇：叮当、叮当、叮当……从南头摇到北头。上课了。学生奔到教室里，规规矩矩坐下来。下课了！詹大胖子的铃声摇得小学生的心里一亮。呼——都从教室里窜出来了。打秋千、踢毽子、拍皮球、抓子儿……詹大胖子摇坏了好多铃铛。

后来，有一班毕业生凑钱买了一口小铜钟，送给母校留作纪念，詹大胖子就从摇铃改为打钟。

一口很好看的钟，黄铜的，亮晶晶的。

铜钟用一条小铁链吊在小操场路边两棵梧桐树之间。铜钟有一个锤子，悬在当中，锤子下端垂下一条麻绳。詹大胖子扯动麻绳，钟就响了：嘡、嘡、嘡、嘡……钟不打的时候，绳绕在梧桐树干上，打一个活结。

梧桐树一年一年长高了。钟也随着高了。

五小的孩子也高了。

詹大胖子还有一件常做的事，是剪冬青树。这个学校有几个地方都栽着冬青树的树墙子，大礼堂门前左右两边各有一道，校园外边一道，幼儿园门外两边各有一道。冬青树长得很快，过些时，树头就长出来了，参差不齐，乱蓬蓬的。詹大胖子就拿了一把很大的剪子，两手执着剪子把，吧嗒吧嗒地剪，剪得一地冬青叶子。冬青树墙子的头平了，整整齐齐的。学校里于是到处都是冬青树嫩叶子的清香的气味。

詹大胖子老是剪冬青树。一个学期得剪几回。似乎詹大胖子所做的主要的事便是摇铃——打钟，剪冬青树。

詹大胖子很胖，但是剪起冬青树来很卖力。他好像跟冬青树有仇，又好像很爱这些树。

詹大胖子还给校园里的花浇水。

这个校园没有多大点。冬青树墙子里种着羊胡子草。有两

193

棵桃树，两棵李树，一棵柳树，有一架十姊妹，一架紫藤。当中圆形的花池子里却有一丛不大容易见到的铁树。这丛铁树有一年还开过花，学校外面很多人都跑来看过。另外就是一些草花，剪秋罗、虞美人……还有一棵鱼儿牡丹。詹大胖子就给这些花浇水。用一个很大的喷壶。

秋天，詹大胖子扫梧桐叶。学校有几棵梧桐。刮了大风，刮得一地的梧桐叶。梧桐叶子干了，踩在上面沙沙地响。詹大胖子用一把大竹扫帚扫，把枯叶子堆在一起，烧掉。黑的烟，红的火。

詹大胖子还做什么事呢？他给老师烧水。烧开水，烧洗脸水。教务处有一口煤球炉子。詹大胖子每天生炉子，用一把芭蕉扇忽嗒忽嗒地扇。煤球炉子上坐一把白铁壶。

他还帮先生印考试卷子。詹大胖子推油印机滚子，先生翻页儿。考试卷子印好了，就把蜡纸点火烧掉。烧油墨味儿飘出来，坐在教室里都闻得见。

每年寒假、暑假，詹大胖子要做一件事，到学生家去送成绩单。全校学生有二百人，詹大胖子一家一家去送。成绩单装在一个信封里，信封左边写着学生的住址、姓名，当中朱红的长方框里印了三个字："贵家长"。右侧下方盖了一个长方图章："县立第五小学"。学生的家长是很重视成绩单的，他们拆开信封看：国语98，算术86……看完了就给詹大胖子酒钱。

詹大胖子和学生生活最最直接有关的，除了摇上课铃、下课铃——打上课钟、下课钟之外，是他卖花生糖、芝麻糖。他在他那间小屋里卖。他那小屋里有一个一面装了玻璃的长方匣子，里面放着花生糖、芝麻糖。詹大胖子摇了下课铃，或是打了上课钟，有的学生就趁先生不注意的时候，溜到詹大胖子屋里买花生糖、芝麻糖。

詹大胖子很坏。他的糖比外面摊子上的卖得贵。贵好多！但是五小的学生只好跟他去买，因为学校有规定，不许"私出校门"。

校长张蕴之不许詹大胖子卖糖，把他叫到校长室训了一顿。说：学生在校不许吃零食；他的糖不卫生；他赚学生的钱，不道德。

但是詹大胖子还是卖，偷偷地卖。他摇下课铃或打上课钟的时候，左手捏着花生糖、芝麻糖，藏在袖筒里。有学生要买糖，走近来，他就使一个眼色，叫学生随他到校长、教员看不到的地方，接钱，给糖。

五小的学生差不多全跟詹大胖子买过糖。他们长大了，想起五小，一定会想起詹大胖子，想起詹大胖子卖花生糖、芝麻糖。

詹大胖子就是这样，一年又一年，过得很平静。除了放寒假、放暑假，他回家，其余的时候，都住在学校里。——放寒假，学校里没有人。下了几场雪，一个学校都是白的。暑假里，学生有时还到学校里玩玩。学校里到处长了很高的草。

每天放了学，先生、学生都走了，学校空了。五小就剩下两个人，有时三个。除了詹大胖子，还有一个女教员王文蕙。有时，校长张蕴之也在学校里住。

王文蕙家在湖西，家里没有人。她有时回湖西看看亲戚，平时住在学校里。住在幼儿园里头一间朝南的小房间里。她教一年级、二年级算术。她长得不难看，脸上有几颗麻子，走起路来步子很轻。她有一点奇怪，眼睛里老是含着微笑。一边走，一边微笑。一个人笑。笑什么呢？有的男教员背后议论：有点神经病。但是除了老是微笑，看不出她有什么病，挺正常的。她上课，跟别人没有什么不同。她教加法、减法，领着学生念乘法表：

一一得一，
一二得二，
二二得四……

下了课，走回她的小屋，改学生的练习。有时停下笔来，听幼儿园的小朋友唱歌：

小羊儿乖乖，
把门儿开开，
快点儿开开，

196

我要进来……

晚上，她点了煤油灯看书。看《红楼梦》《花月痕》，张恨水的《金粉世家》，李清照的词。有时轻轻地哼《木兰词》。"唧唧复唧唧；木兰当户织……"有时给她的女子师范的老同学写信。写这个小学，写十姊妹和紫藤，写班上的学生都很可爱，她跟学生在一起很快乐，还回忆她们在学校时某一次春游，感叹光阴如流水。这些信都写得很长。

校长张蕴之并不特别地凶，但是学生都怕他。因为他可以开除学生。学生犯了大错，就在教务处外面的布告栏里贴出一张布告：学生某某某，犯了什么过错，着即开除学籍，"以维校规，而警效尤，此布"，下面盖着校长很大的签名戳子："张蕴之"。"张蕴之"三个字有一种看不见的力量。

他也教一班课，教五年级或六年级国文。他念课文的时候摇晃脑袋，抑扬顿挫，有声有色，腔调像戏台上老生的道白。"晋太原中，武陵人，捕鱼为业……""一路秋山红叶，老圃黄花，不觉到了济南地界。到了济南，只见家家泉水，户户垂杨……"

他爱写挽联。写好了，就用按钉钉在教务处的墙上，让同事们欣赏。教员们就都围过来，指手画脚，称赞哪一句写得好，哪几个字很有笔力。张蕴之于是非常得意，但又不太忘形。他简直希望他的亲友家多死几个人，好使他能写一副挽联送去，挂起来。

他有家。他有时在家里住，有时住在学校里，说家里孩子吵，学校里清静，他要读书，写文章。

有时候，放了学，除了詹大胖子，学校里就剩下张蕴之和王文蕙。

王文蕙常常一个人在校园里走走，散散步。王文蕙散完步，常常看见张蕴之站在教务处门口的台阶上。王文蕙向张蕴之笑笑，点点头。张蕴之也笑笑，点点头。王文蕙回去了，张蕴之看着她的背影，一直看到王文蕙走进幼儿园的前门。

张蕴之晚上读书。读《聊斋志异》《池北偶谈》《两般秋雨盦随笔》《曾文正公家书》《板桥道情》《绿野仙踪》《海上花列传》……

校长室的北窗正对着王文蕙的南窗，当中隔一个幼儿园的游戏场。游戏场上有秋千架、压板、滑梯。张蕴之和王文蕙的煤油灯遥遥相对。

一天晚上，张蕴之到王文蕙屋里去，说是来借字典。王文蕙把字典交给他。他不走，东拉西扯地聊开了。聊《葬花词》，聊"寻寻觅觅冷冷清清凄凄惨惨戚戚"。王文蕙不知道他要干什么，心里怦怦地跳。忽然，"噗！"张蕴之把煤油灯吹熄了。

张蕴之常常在夜里偷偷地到王文蕙屋里去。

这事瞒不过詹大胖子。詹大胖子有时夜里要起来各处看看。怕小偷进来偷了油印机、偷了铜钟、偷了烧开水的白铁壶。詹大胖子很生气。他一个人在屋里悄悄地骂："张蕴之！你不是个东西！你有老婆，有孩子，你干这种缺德的事！人家还是个姑娘，孤苦伶仃的，你叫她以后怎么办，怎么嫁人！"

这事也瞒不了五小的教员。因为王文蕙常常脉脉含情地看张蕴之，而且她身上洒了香水。她在路上走，眼睛里含笑，笑得更加明亮了。

有一天，放学时，有一个姓谢的教员路过詹大胖子的小屋时，走进去，对他说："詹大，你今天晚上到我家里来一趟。"詹大胖子不知道有什么事。

姓谢的教员是个纨绔子弟，外号谢大少。学生给他编了一首顺口溜：

谢大少，

捉虼蚤。

虼蚤蹦，

他也蹦，

他妈说他是个大无用！

谢大少家离五小很近，几步就到了。

谢大少问了詹大胖子几句闲话，然后问："张蕴之夜里是不是常常到王文蕙屋里去？"

199

詹大胖子一听，知道了：谢大少要抓住张蕴之的把柄，好把张蕴之轰走，他来当五小校长。詹大胖子连忙说："没有！没有的事！没有的事不能瞎说！"

詹大胖子不是维护张蕴之，他是维护王文蕙。

从此詹大胖子卖花生糖、芝麻糖就不太避着张蕴之了。

詹大胖子还是当他的斋夫，打钟，剪冬青树，卖花生糖、芝麻糖。

后来，张蕴之到四小当校长去了，王文蕙到远远的一个镇上教书去了。

后来，张蕴之死了，王文蕙也死了（她一直没有嫁人）。詹大胖子也死了。

这城里很多人都死了。

幽冥钟

"姑苏城外寒山寺,夜半钟声到客船。"很早很早以前(大概从宋朝开始)就有人提出过怀疑,认为夜半不是撞钟的时候。我从小就觉得很奇怪:为什么夜半不是撞钟的时候呢?我的家乡就是夜半撞钟的。而且只有夜半撞。半夜,子时,十二点。别的时候,白天,还听不到撞钟。"暮鼓晨钟"。我们那里没有晨钟,只有夜半钟。这种钟,叫作"幽冥钟"。撞钟的是承天寺。

201

关于承天寺，有一个传说。传说张士诚是在这里登基的。张士诚是泰州人。泰州是我们的邻县。史称他是盐贩出身。盐贩，即贩私盐的。中国的盐，秦汉以来，就是官卖。卖盐的店，称"官盐店"。官盐税重，价昂。于是有人贩卖私盐。卖私盐是犯法的事。这种人都是亡命之徒，要钱不要命。遇到缉私的官兵，便要动武。这种人在官方的文书里被称为"盐匪"。瓦岗寨的程咬金就贩过私盐。在苏北里下河一带，一提起"私盐贩子"或"贩私盐的"，大家便知道这是什么角色。张士诚就是这样一个角色。元至正十三年，他从泰州起事，打到我的家乡高邮。次年，称"诚王"，国号"周"。我的家乡还出过一位皇帝（他不是我们县的人，他称王确是在我们县），这实在应该算是我们县历史上的第一号大人物。我们县的有名人物最古的是秦王子婴。现在还有一条河，叫子婴河。以后隔了很多年，出了一个秦少游。再以后，出了王念孙、王引之父子。但是真正叱咤风云的英雄，应该是张士诚（后来打到江南苏州、无锡一带，把大画家倪云林捆起来打了一顿的就是这位老兄）。可是我前几年回乡，翻看县志，关于张士诚，竟无一字记载，真是怪事！

但是民间有一些关于张士诚的传说。

张士诚在承天寺登基，找人来写承天寺的匾。来了很多读书人。他们提起笔来，刚刚写了两笔，就叫张士诚拉出去杀了。接连杀了好几个。旁边的人问他："为什么杀他们？"

张士诚说："你看看他们写的是什么？'了'，是个'了'字！老子才当皇帝就'了'了，日他妈妈的！"后来来了个读书人。他先写了一个"王"字，再写了左边的"フ"，右边的"く"，再写上边的"一"，然后一竖到底，张士诚一看大喜，连说："这就对了——先称王，左有文臣，右有武将，戴上平天冠，皇基永固，一贯到底！——赏！"

我小时候读的小学就在承天寺的旁边，每天都要经过承天寺，曾经细看过承天寺山门的石刻的匾额，发现上面的"承"字仍是一般笔顺，合乎八法的"承"字，没有先称王、左文右武、戴了皇冠、一贯到底的痕迹。

我也怀疑张士诚是不是在承天寺登的基，因为承天寺一点也看不出曾经是一座皇宫的格局。

承天寺在城北西边，挨近运河。城北的大寺共有三座。一座善因寺，庙产甚多，最为鲜明华丽，就是小说《受戒》里写的明海受戒的那座寺。一座是天王寺，就是陈小手被打死的寺。天王寺佛事较盛。寺西门外有一片空地，时常有人家来"烧房子"。烧房子似是我乡特有的风俗。"房子"是纸扎店扎的，和真房子一样，只是小一些。也有几层几进，有堂屋、卧室，房间里还有座钟、水烟袋，日常所需，一应俱全。照例还有一个后花园，里面"种"着花（纸花）。房子立在空地上，小孩子可以走进去参观。房子下面铺了一层稻草。天王寺的和尚敲着鼓磬铙钹在房子旁边念一通经（不知道是什么

203

经），这一家的一个男丁举火把房子烧了，于是这座房子便归该宅的先人冥中收用了。天王寺气象远不如善因寺，但房屋还整齐——因此常常驻兵。独有承天寺，却相当残破了。寺是古寺。张士诚在这里登基，虽不可靠，但说不定元朝就已经有这座寺。

一进山门，哼哈二将和四大天王的颜色都暗淡了。大雄宝殿的房顶上长了好些枯草和瓦松。大殿里很昏暗，神龛佛案都无光泽，触鼻是陈年的香灰和尘土的气息。一点声音都没有，整座寺好像是空的。偶尔有一两个和尚走动，衣履敝旧，神色凄凉。——不像善因寺的和尚，一个一个，都是红光满面的。

大殿西侧，有一座罗汉堂。罗汉也多年没有装金了。长眉罗汉的眉毛只剩了一条，那一条不知哪一年脱落了，他就只好捻着一条单独的眉毛坐在那里。罗汉堂外面，有两棵很大的白果树，有几百年了。夏天，一地浓荫。冬天，满阶黄叶。

罗汉堂东南角有一口钟，相当高大。钟用铁链吊在很粗壮的木架上。旁边是从房梁挂下来的撞钟的木杵。钟前是一尊地藏菩萨的一尺多高的金身佛像。地藏菩萨戴着毗卢帽，跏趺而坐，低眉闭目，神色慈祥。地藏菩萨前面点着一盏小油灯，灯光幽微。

在佛教的菩萨里，老百姓最有好感的是两位。一位是观世音菩萨，因为他（她）救苦救难。另一位便是地藏菩萨。他是释迦灭后至弥勒出现之间的救度天上以至地狱一切众生的菩萨。他像大地一样，含藏无量善根种子。他是地之神，是一位好心的菩萨。

为什么在钟前供着一尊地藏菩萨呢？因为这钟在半夜里撞，叫"幽冥钟"，是专门为难产血崩而死的妇人而撞的。不知道为什么，人们以为血崩而死的女鬼是居处在最黑最黑的地狱里的——大概以为这样的死是不洁的，罪过最深。钟声，会给她们光明。而地藏菩萨是地之神，好心的菩萨，他对死于血崩的女鬼也会格外慈悲的，所以钟前供地藏菩萨，极其自然。

撞钟的是一个老和尚。相貌清癯，高长瘦削。他已经几十年不出山门了。他就住在罗汉堂里。大钟东侧靠墙，有一张矮矮的禅榻，上面有一床薄薄的蓝布棉被，这就是他的住处。白天，他随堂粥饭，洒扫庭除。半夜，起来，剔亮地藏菩萨前的油灯，就开始撞钟。

钟声是柔和的、悠远的。

"咚——嗡……嗡……嗡……"

钟声的振幅是圆的。"咚——嗡……嗡……嗡……"，一圈一圈地扩散开。就像投石于水，水的圆纹一圈一圈地扩散。

"咚——嗡……嗡……嗡……"

钟声撞出一个圆环，一个淡金色的光圈。地狱里受难的女鬼看见光了。她们的脸上现出了欢喜。"嗡……嗡……嗡……"金色的光环暗了，暗了，暗了……又一声，"咚——嗡……嗡……嗡……"又一个金色的光环。光环扩散着，一圈，又一圈……

夜半，子时，幽冥钟的钟声飞出承天寺。

"咚——嗡……嗡……嗡……"

幽冥钟的钟声扩散到了千家万户。

正在酣睡的孩子醒来了，他听到了钟声。孩子向母亲的身边依偎得更紧了。

承天寺的钟，幽冥钟。

女性的钟，母亲的钟……

茶　干

　　家家户户离不开酱园。开门七件事，柴米油盐酱醋茶，倒有三件和酱园有关：油、酱、醋。

　　连万顺是东街一家酱园。

　　他家的门面很好认，是个石库门。麻石门框，两扇大门包着铁皮，用奶头铁钉钉出如意云头。本地的店铺一般都是"铺闼子门"，十二块、十六块门板，晚上上在门槛的槽里，白天卸开。这样的石库门的门面不多。城北只有那么几家。一家恒泰当，一家豫丰南货店。恒泰当倒闭了，豫丰失火烧掉了。现在只剩下北市口老正大棉席店和东街连万顺酱园了。这样的店面是很神气的。尤其显眼的是两边白粉墙的两个大字。黑漆漆出来的。字高一丈，顶天立地，笔画很粗。一边是"酱"，一边是"醋"。这样大的两个字！全城再也找不出来了。白墙黑字，非常干净。没有人往墙上贴一张红纸条，上写"出卖重伤风，一看就成功"；小孩子也不在墙上写"小三子，吃狗屎"。

店堂也异常宽大。西边是柜台。东边靠墙摆了一溜豆绿色的大酒缸。酒缸高四尺，莹润光洁。这些酒缸都是密封着的。有时打开一缸，由一个徒弟用白铁唧筒把酒汲在酒坛里，酒香四溢，飘得很远。

往后是一个很大的院子，青砖铺地，整整齐齐排列着百十口大酱缸。酱缸都有个帽子一样的白铁盖子。下雨天盖上。好太阳时揭下盖子晒酱。有的酱缸当中掏出一个深洞，如一小井。原汁的酱油从井壁渗出，这就是所谓"抽油"。西边有一溜走廊，走廊尽头是一个小磨坊。一头驴子在里面磨芝麻或豆腐。靠北是三间瓦屋，是做酱菜、切萝卜干的作坊。有一台锅灶，是煮茶干用的。

从外往里，到处一看，就知道这家酱园的底子是很厚实的。——单是那百十缸酱就值不少钱！

连万顺的东家姓连。人们当面叫他连老板，背后叫他连老大。都说他善于经营，会做生意。

连老大做生意，无非是那么几条：

第一，信用好。连万顺除了做本街的生意，主要是做乡下生意。东乡和北乡的种田人上城，把船停在大淖，拴好了船绳，就直奔连万顺，打油、买酱。乡下人打油，都用一种特制的油壶，广口，高身，外面挂了酱黄色的釉，壶肩有四个"耳"，耳里拴了两条麻绳作为拎手，不多不少，一壶能装十斤豆油。他们把油壶往柜台上一放，就去办别的事情去了。等他们办完事回来，油已经打好了。油壶口用厚厚的桑皮纸封得严严的。桑皮纸上盖了一个墨印的圆印："连万顺记"。乡下人从不怀疑油的分量足不足，成色对不对。多年的老主顾了，还能有错？他们要的十斤干黄酱也都装好了。装在一个元宝形的粗篾浅筐里，筐里衬着荷叶，豆酱拍得实实的，酱面盖了几个红曲印的印记，也是圆形的。乡下人付了钱，提了油壶酱筐，道一声"得罪"，就走了。

第二，连老板为人和气。乡下的熟主顾来了，连老板必要起身招呼，小徒弟立刻倒了一杯热茶递了过来。他家柜台上随时点了一架盘香，供人就火吸烟。乡下人寄存一点东西，雨伞、扁担、箩筐、犁铧、坛坛罐罐，连老板必亲自看着小徒弟放好。有时竟把准备变卖或送人的老母鸡也寄放在这里。连老板也要看着小徒弟把鸡拎到后面廊子上，还撒了一把酒糟喂喂。这些鸡的脚爪虽被捆着，还是卧在地上高高兴兴地啄食，一直吃到有点醉醺醺的，就闭起眼睛来睡觉。

连老板对孩子也很和气。酱园和孩子是有缘的。很多人家要打点酱油，打点醋，往往派一个半大孩子去。妈妈盼望孩子快些长大，就说："你快长吧，长大了好给我打酱油去！"买酱菜，这是孩子乐意做的事。连万顺家的酱菜样式很齐全：萝卜头、十香菜、酱红根、糖醋蒜……什么都有。最好吃的是甜酱甘露和麒麟菜。甘露，本地叫作"螺螺菜"，极细嫩。麒麟菜是海菜，分很多叉，样子有点像画上的麒麟的角，半透明，嚼起来脆脆的。孩子买了甘露和麒麟菜，常常一边走，一边吃。

一到过年，孩子们就惦记上连万顺了。连万顺每年预备一套锣鼓家伙，供本街的孩子来敲打。家伙很齐全，大锣、小锣、鼓、水镲、碰钟，一样不缺。初一到初五，家家后铺都关着门。几个孩子敲敲石库门，小徒弟开开门，一看，都认识，就说："玩去吧！"孩子们就一窝蜂奔到后面的作坊里，操起案子上的锣鼓，乒乒乓乓敲打起来。有的孩子敲打了几年，能敲出几套十番，有板有眼，像那么回事。这条街上，只有连万顺家有锣鼓。锣鼓声使东街增添了过年的气氛。敲够了，又一窝蜂走出去，各自回家吃饭。

到了元宵节，家家店铺都上灯。连万顺家除了把四张玻璃宫灯都点亮了，还有四张雕镂得很讲究的走马灯。孩子们都来看。本地有一句歇后语："乡下人不识走马灯——又来了！"

210

这四张灯里周而复始，往来不绝的人马车炮的灯影，使孩子们百看不厌。孩子们都不是空着手来的，他们牵着兔子灯，推着绣球灯，系着马灯，灯也都是点着了的。灯里的蜡烛快点完了，连老板就会捧出一把新的蜡烛来，让孩子们点了，换上。孩子们于是各人带着换了新蜡烛的纸灯，呼啸而去。

预备锣鼓，点走马灯，给孩子们换蜡烛，这些，连老大都是当一回事的。年年如此，从无疏忽忘记的时候。这成了制度，而且简直有点宗教仪式的味道。连老大为什么要这样郑重地对待这些事呢？这为了什么目的，出于什么心理？实在令人捉摸不透。

第三，连老板很勤快。他是东家，但是不当"甩手掌柜的"。大小事他都要过过目，有时还动动手。切萝卜干、盖酱缸、打油、打醋，都有他一份。每天上午，他都坐在门口晃麻油。炒熟的芝麻磨了，是芝麻酱，得盛在一个浅缸盆里晃。所谓"晃"，是用一个紫铜锤出来的中空的圆球，圆球上接一个长长的木把，一手执把，把圆球在麻酱上轻轻地压，压着压着，油就渗出来了。酱渣子沉于盆底，麻油浮在上面。这个活很轻松，但是费时间。连老大在门口晃麻油，是因为一边晃，一边可以看看过往行人。有时有熟人进来跟他聊天，他就一边聊，一边晃，手里嘴里都不闲着，两不耽误。到了下午出茶干的时候，酱园上上下下一齐动手，连老大也算一个。

茶干是连万顺特制的一种豆腐干。豆腐出净渣，装在一个一个小蒲包里，包口扎紧，入锅，码好，投料，加上好抽油，上面用石头压实，文火煨煮。要煮很长时间。煮得了，再一块一块从麻包里倒出来。这种茶干是圆形的，周围较厚，中间较薄，周身有蒲包压出来的细纹，每一块当中还带着三个字："连万顺"——在扎包时每一包里都放进一个小小的长方形的木牌，木牌上刻着字，木牌压在豆腐干上，字就出来了。这种茶干外皮是深紫黑色的，掰开了，里面是浅褐色的。很结实，嚼起来很有咬劲，越嚼越香，是佐茶的妙品，所以叫作"茶干"。连老大监制茶干，是很认真的。每一道工序都不许马虎。连万顺茶干的牌子闯出来了。车站、码头、茶馆、酒店都有卖的。后来竟有人专门买了到外地送人的。双黄鸭蛋、醉蟹、董糖、连万顺的茶干，凑成四色礼品，馈赠亲友，极为相宜。

连老大就是这样一个人，一个开酱园的老板，一个普普通通、正正派派的生意人，没有什么特别处。这样的人是很难写成小说的。

要说他的特别处，也有。有两点：

一是他的酒量奇大。他以酒代茶。他极少喝茶。他坐在账桌上算账的时候，面前总放一个豆绿茶碗。碗里不是茶，是酒——一般的白酒，不是什么好酒。他算几笔，喝一口，什么也不"就"。一天老这么喝着，喝完了，就自己去打一碗。他从来没有醉的时候。

二是他说话有个口头语："的时候"。什么话都要加一个"的时候"。"我的时候""他的时候""麦子的时候""豆子的时候""猫的时候""狗的时候"……他说话本来就慢，加了许多"的时候"，就更慢了。如果把他说的"的时候"都删去，他每天至少要少说四分之一的字。

连万顺已经没有了。连老板也故去多年了。五六十岁的人还记得连万顺的样子，记得门口的两个大字，记得酱园内外的气味，记得连老大的声音笑貌，自然也记得连万顺的茶干。

连老大的儿子也四十多了。他在县里的副食品总店工作。有人问他："你们家的茶干，为什么不恢复起来？"他说："这得下十几种药料，现在，谁做这个！"

一个人监制的一种食品，成了一个地方具有代表性的生产，真也不容易。不过，这种东西没有了，也就没有了。

鲍团长

　　鲍团长是保卫团的团长。保卫团是由商会出钱养着的一支小队伍。保卫什么人？保卫大商家和有钱有势的绅士大户人家，防备土匪进城抢劫。这支队伍样子很奇怪。说兵不是兵。他们也穿军装，打绑腿，可是军装绑腿既不是草绿色的，也不是灰色的，而是"海昌蓝"的。——也不像警察，警察的制服是黑的。叫作"团"，实际上只有一排人。多半是从各种杂牌军开小差下来的。他们的任务是每天晚上到大街小巷巡逻一遍。有时大户人家办红白喜事，鲍团长会派两个弟兄到门口去站岗。他们也出操、拔正步。拔正步对他们是没有什么意义的，因为他们从来不参加检阅。日常无事，就在团部擦枪。下雨天更是擦枪的日子。保卫团的团部在承志桥。承志桥在承志河上。承志河由通湖桥流下来，向东汇入护城河，终年是有水的。承志桥是一座大桥。这座桥有点特别，上有瓦盖的顶，两边有"美人靠"——两条长板，板上设有有弧度的栏杆，可以倚靠，故名"美人靠"。这座桥下雨天可以躲雨，夏天可以乘凉。靠在"美人靠"上看桥下河水，是一种享受。桥上时常有卖熟荸荠的担子，可以"抽牌九"的卖花生糖、芝麻糖的挑子。桥之北有一家木厂，沿河堆了很多杉木，放学的孩子喜欢在杉木梢头跳跃，于杉木的弹动起落中得到快乐。木厂之西，是杨家巷。承志桥以南一带也统称为承志桥。保卫团的团部在承志桥的东面。原来是一个祠堂。房屋很宽敞。西面三大间是办公室。后墙贴着总理遗像，两边是"革命尚未成功""同志仍须努力"。总理遗像下是一张大办公桌。南北两边靠墙立着枪架子，二十来支汉阳造七九步枪整齐地站着。一边墙上有三支"二膛盒子"。鲍团长名崇岳，山东掖县人，行伍出身。十几岁就投了张宗昌的部队。张宗昌被打垮了，他在孙传芳的"联军"里干了几年。孙传芳下野，他参加了国民革命军——这一带人称之为"党军"，屡升为营长。行军时可以骑马，有一个勤务兵。他很少谈军旅生活，有时和熟朋友，比如杨宜之，茶余酒后，也聊一点有趣的事。比如：在战壕里也是可以抽大烟的。用一个小茶壶，把壶盖用洋蜡烛油焊住，壶盖上有一个小孔，就可以安烟泡，茶壶嘴便是烟枪，点一个小蜡烛头——是烟灯。也可以喝酒。不少班、排长背包里有一个"酒馒头"。把馒头在高粱酒里泡透，晒干；再泡，再晒干。没酒的时候，掰两片，在凉水里化开，这便是酒。杨宜之问他，听说张宗昌队伍里也有军歌："三国战将勇，首推赵子龙。长坂坡前逞啊英雄还有张翼德，黑头大脑壳……"鲍团长哈哈大笑，说："有！有！有！"鲍崇岳怎么会到这个小县城来当一个保卫团团长呢？他所在的那个团驻扎到这个县，在地方党政绅商的接风宴会上，意外地见到小时候一同读私塾的一个老同学，在县政府当秘书。他乡遇故，酒后畅谈。鲍崇岳表示，他对军队生活已经厌倦，希望找个地方清清净净地住下来，写写字。老同学说："这好办，你来当保卫团团长。"老同学找商会会长王蕴之一说，王蕴之欣然同意，说："薪金按团长待遇，只是对鲍营长来说，太屈尊了。"老同学说："他这人，我知道，无所谓。"王蕴之为什么欢迎鲍崇岳来当保卫团团长呢？一来，保卫团的兵一向吊儿郎当，需要有人来管束；更重要的是：有他来，可以省掉商会乃至县政府的许多麻烦。这个县在运河岸边，过往的军队很多。鲍崇岳在军队上的朋友很多，有的是旧同事，有的是换帖的把兄弟，有的是都在帮，都是安清门里的。鲍崇岳可以充当军队和地方的桥梁。

过境或驻扎的军队要粮要草要供应，有鲍崇岳去拜望一下，叙叙旧，就可以少要一点，有点纠纷摩擦，鲍崇岳一张片子，就能大事化小。有鲍崇岳在，部队的营、团长也不便纵任士兵胡作非为。鲍团长对保障地方的太平安静，实在起很大作用。因此，地方上的人对他很有好感，很尊敬。在这个小县城里，一个保卫团团长也算是头面人物。鲍团长的日子过得很潇洒，隔了三五天，他到团部来一次，泡杯茶，翻翻这几天的新闻报、老申报，批几张报销条子——所报的无非是擦枪油、棉丝、伙夫买的芦柴、煤块、洋铁壶，到承志桥一带人家升起点中饭的炊烟，就站起身来，值日班长喊了一声"立正"，他已经跨出保卫团部大门的麻石门槛。鲍团长是个大块头，方肩膀，长方脸，方下巴。留一个一寸长短的平头——当时这叫"陆军头"，很有军人风度，但是言谈举止温文尔雅。他是行伍出身，但在从军前读过几年私塾。塾师是个老秀才，能写北碑大字。鲍团长笔下通顺，函牍往来，不会闹笑话。受塾师影响，也爱写字。当地有人恭维他是"儒将"，鲍团长很谦虚地说："儒将，不敢当，俺是个老粗。"但是对这样的恭维，在心里颇有几分得意。鲍团长平常不穿军服。他有一身马裤呢的军装，只有在重要场合，总理诞辰纪念会，合县党政绅商欢迎省里下来视察工作的厅长或委员的盛会上，才穿一次。他平常穿便衣，"小打扮"，上身是短袄（钉了很大的扣子），下身扎腿长裤。县里人私下议论，说这跟他在红帮有关系。杨宜之问过他："你是不是在红帮？"鲍崇岳不否认。杨宜之问："听说红帮提画眉笼，两个在帮的'盘道'，一个问'画眉吃什么？'——一'吃肉'，立刻抽出一把攮子，卷起裤腿，刀子切出块三角肉，扔给画眉，画眉接着，吧唧吧唧，就吃了，有没有这回事？"鲍崇岳说："瞎说！"鲍团长到绅士大户人家应酬出客，穿长衫，还加一件马褂。鲍团长在这个县待了十多年，和县里的绅士都有人情来往，马家——马士杰家、王家——王蕴之家、杨家……每逢这几家有婚丧寿庆，他是必到的。事前也必送一个幛子或一副对子，幛子、对联上是他自己写的《石门铭》体的大字。一个武人，能写这样的字，使人惊奇。杨宜之说："据我看，全县写《石门铭》的，除了王荫之，要数你。什么时候王大太爷回来，你把你的字送给他看看。"杨家是世家大族。杨宜之的父亲十九岁就中了进士，做过两任知府。杨家所住的巷子就叫杨家巷。杨家巷北头高，南头低，坡度很大，拉黄包车的从北头来，得直冲下来。杨家北面地势高，叫作"高台子"。由平地上高台子要过三十级砖阶。高台上有一座大厅，很敞亮，是杨宜之宴客的地方。每回宴客，杨宜之都给鲍团长送去知单。鲍团长早早就到了。鲍团长是杨宜之的棋友。开席前后，大厅里有两桌麻将。别人打麻将，杨宜之和鲍崇岳在大厅西边一间小书房里坐下围棋。有时牌局二缺一，杨宜之只好去凑一角，鲍崇岳就一个人摆《桃花谱》，或是翻看杨宜之所藏的碑帖。鲍团长家住在咸宁巷子。

218

从承志桥到咸宁巷，杨家巷是必经之路。有时离团部早，就顺脚跨进杨家的高门槛——杨家的门槛特别高，过去杨家有大事，就把门槛拆掉，好进轿子，找杨宜之闲谈一会儿。鲍崇岳的老伴熏了狗肉，鲍崇岳就给杨宜之带去一块，两个人小酌一回。这地方一般人是不吃狗肉的。近三个月来，鲍崇岳遇到三件不痛快的事。第一件：鲍崇岳早就把家眷携来了。他有一儿一女，儿子叫鲍亚璜，女儿叫鲍亚琮。鲍亚璜、鲍亚琮和杨宜之的女儿杨淑媛从小同学，同一所小学，同一所初中。杨淑媛和鲍亚琮是同班好朋友。鲍亚璜比她们高一班。鲍亚琮常到杨淑媛家去，一同做功课，玩。杨淑媛也常到鲍亚琮家去。她们有什么算术题不会做，就问鲍亚璜。鲍亚璜初中毕业，考取了外地的高中，就要离开这个县了。一天，他给杨淑媛写了一封情书。这件事鲍崇岳不知道。他到杨宜之家去，杨宜之拿出这封信，说："写这样的信，他们都太早了一点。"鲍崇岳看了信，很生气，说："这小子，我回去要好好教训他一顿！"杨宜之说："小孩子的事，不必认真。"杨宜之话说得很含蓄，很委婉，但是鲍崇岳从杨宜之的微笑中读出了言外之意：鲍家和杨家门第悬殊了。鲍团长觉得受了侮辱。从此，杨淑媛不再到鲍家来。鲍崇岳也很少到杨家去了。杨家有事，不得已，去应酬一下，不坐席。第二件：本县湖西有一个纨绔浮浪子弟，乘抗日军兴之机，拉起一支队伍，与顾祝同、冷欣拉上关系，号称独立混成旅，在里下河一带活动。他的队伍开到县境，祸

219

害本土，鱼肉乡民，敲诈勒索，无所不为。他行八，本地人都称之为"八舅太爷"。本地把蛮不讲理的人叫作舅太爷。商会会长王蕴之把鲍团长请去，希望他利用军伍前辈的身份，找八舅太爷规劝规劝。鲍团长这天特意穿了军装，到八舅太爷的旅部求见。门岗接了鲍团长的名片，说"请稍候"。不大一会儿，门岗把原片拿出来，说："旅长说：不见！"鲍崇岳一辈子没有碰过这样一鼻子灰，气得他一天没有吃饭。他这个老资格现在吃不开了。这么一点事都办不了，要他这个保卫团团长干什么，他觉得愧对父老乡亲。第三件：本县有个大书法家王荫之，是商会会长王蕴之的长兄，合县人称之为大太爷。他写汉碑，专攻《石门铭》，他把《石门铭》和草书化在一起，创出一种"王荫之体"，书名满江南江北。鲍崇岳见过不少他的字，既遒劲，也妩媚，潇洒流畅，顾盼生姿，很佩服。他和无锡荣家是世交，常年住在无锡，荣家供养着他，梅园的不少联园石刻都是他的手笔。他每年难得回本乡住一两个月。上个月，回乡来了。鲍崇岳拿了自己写的一卷字，托王蕴之转给大太爷看看，请大太爷指点指点。如果有缘识荆，亲聆教诲，尤为平生幸事。过了一个月，王荫之回无锡去了，把鲍崇岳的一卷字留给了王蕴之。鲍崇岳拆开一看，并无一字题识。鲍崇岳心里明白：王荫之看不起他的字。鲍崇岳绕室徘徊，忽然意决，提笔给王蕴之写了一封信，请求辞去保卫团团长。信送出后，他叫老伴摊几张煎饼，卷了大葱面酱，就着一碟酱狗肉，一包炒花生，喝了一斤高粱。既醉且饱，铺开一张六尺宣纸，写了一个大横幅，融《石门铭》入行草，一笔到底，不少踟蹰，书体略似王荫之：田彼南山，荒秽不治。种一顷豆，落而为萁。人生行乐耳，须富贵何时！写罢掷笔，用按钉按在壁上，反复看了几遍，很得意。

黄开榜的一家

　　黄开榜不是本地人，他是山东人。原来是当兵的，开小差下来之后，在当地落住了脚。

　　他没有固定的职业，年轻时吹喇叭。这是一种细长颈子的紫铜喇叭，长五六尺，只能吹一个音：嘟——。早年间迎亲、出殡都有两种东西：一是长颈喇叭，二是铁铳。花轿或棺柩前面是吹鼓手，吹鼓手的前面是喇叭，喇叭起了开路的作用。黄开榜年轻中气足，一口气可以吹得很长。这喇叭的声音很不好听，尖锐刺耳。后来就没有什么人家用了。铁铳也废了，太响了，震得人耳朵疼。

没有人找黄开榜吹喇叭了，他又干了一种新的营生，当"催租的"。有些中小地主，在乡下置了几亩地，租给人种，这些家业不大的地主，无权无势，有的佃户就欺负他们，租子拖欠不交，地主找黄开榜去催。黄开榜去了，大喊大叫，要吃要喝，赖着不走，有时甚至找个枕头睡在人家里。这家叫他啰唆得受不了啦，就答应哪天交齐。黄开榜找村里的教书先生或庙里的和尚帮这家立个保单：立保单人某某所欠某府名下租子若干准于某月日如数交清恐口无凭证立此保单是实。黄开榜拉过佃户的右手，盖了一个手印，喝了一大碗米汤，走人。地主拿到保单，总得给黄开榜一点酒钱。

黄开榜还有一件拿不到钱，但是他很乐意去干的事，是参加"评理"。两家闹了纠纷，就约了街坊四邻、熟人朋友，到茶馆去评理，请大家说说公道话，分判是非曲直。评理的结果大都是调停劝解，大事化小，彼此不再记仇。两家评理，和黄开榜本不相干，谁也没有请他，他自己搬张凳子，一屁股就坐了下来，言三语四，瞎掺和。他嗓门很大，说起话来唾沫星子乱喷，谁都离他远远的。他一面大声说话，一面大口吃包子。这地方吃茶都要吃包子，评理的尤不能缺。他一人能把一笼包子——十六个，全吃了。灌下半壶釅茶，走人。这十六个包子可以管他一天。晚饭只要喝一碗"采子粥"——碎米加剁碎了的青菜煮的粥，本地叫作"采子粥"。

他的老婆倒是本地人。据说年轻时很风流，她为什么跟了黄开榜呢？本地有个说法："要称心，嫁大兵"。这里所谓"称心"指的是什么，本地人都心领神会。她后来上了岁数，看不出风流不风流，但身材还是匀称的，既不肥胖臃肿，也不骨瘦如柴，精精干干、利利索索。

她生过五个孩子。

头胎是个男孩。不知道为什么，孩子生下来，就送给一个姓薛的裁缝。头胎儿子就送了人，谁也不知道什么原因。这孩子姓薛，从小跟薛裁缝学裁缝，现在已经很大了，能挣钱了。薛、黄两家离得很近，薛家在螺蛳坝，黄家在越塘，几步就到了，但是两家不来往。这个姓了薛的裁缝从来没有来看过他的生身父母。

黄开榜的二儿子不知到哪里去了。也许在外面当兵，也许在大船上撑篙拉纤。也许已经死了。他扔下一个媳妇。这媳妇是个圆盘脸，头发浓黑，梳了一个很大的"牛屎粑粑"头。她长得很肉感。越塘一带人的语言里没有"肉感"这个词儿，便是街面上的生意人也不会说这个词儿，只有看过美国电影的洋学生才用这个词儿。但这词儿用在她身上非常合适。越塘一带人有更放肆的说法，小曲里唱道："白掇掇的奶子粉撮撮的腰"她无不具备。男人走了，她靠"挑箩把担"维持衣食。自从和毛三"靠"上了，就很少挑箩了。

毛三是个开青草行的。用一只船停在越塘岸边收购青草。姑娘小子割了青草卖给他，当时付钱。船上青草蔫了，就整船交给乡下人。乡下人把青草和河泥拌匀，在东门外护城河边的空地上堆成一个一个长方形的墩子，用铁锨把表面拍实，让青草发酵，到第二年栽秧，这便是极好的肥料。夏天，天才蒙蒙亮，就听见毛三用极高极脆的声音拉长音吆喝："噢草来——""噢"是土音，意思是约分量。收草季节过了，他就做别的生意，收荸荠，收菱。因此他很有几个钱。

毛三的眼睛有毛病，迎风掉泪，眼边常是红红的，而且不住地眨巴。但是他很风流自在，留着一个中分头。也有个外号叫"斜公鸡"。公鸡"踩水"——就是欺负母鸡，在上母鸡身之前，都是耷下一只翅膀，斜着身子跑过来，然后纵身一跳，把母鸡压在下面。毛三见到女人，神气很像斜着身子的公鸡。

毛三靠了黄开榜的二媳妇，越塘无人不晓。大白天毛三"噢"过草，就走进二媳妇的门。二媳妇是单过的，住西屋。——黄开榜一家住朝南的正屋。大概过了一个半小时，毛三开门出来，样子像是踩过水的公鸡，浑身轻松。二媳妇跟着出来，也像非常满足。毛三上茶馆吃茶，二媳妇拿着淘箩去买米。

黄开榜的三儿子是这家的顶门柱。他小名叫三子，越塘人都叫他三子。他是靠肩膀吃饭的。每天挑箩，他总能比别人多挑两担。他为人正气，越塘人都尊重他。他不抽烟，不喝酒，

225

不赌钱，不打架。他长得一表人才，邻居都说他不像黄家人。但是他和越塘的姑娘媳妇从不勾勾搭搭，简直是目不斜视。越塘的姑娘愿意嫁给三子的很多，三子不为所动。三子为了多挣几个钱，常到离城稍远的五里坝、马棚湾这些地方去挑谷子，有时一去两三天。

黄开榜的四儿子是个哑巴。

最后生的是个女儿，是个麻子，都叫她"麻丫头"。哑巴和麻丫头也都能挑箩了，挑半担，不用箩筐，用两个柳条编的笆斗。

这样，黄开榜家的日子还算能过得下去。饭自然吃得简单，红糙米饭，青菜汤。哑巴有时摸点泥鳅，捞点螺蛳。越塘有时有卖呛蟹的来，麻丫头就去买一碗。很小的螃蟹，有的地方叫蟛蜞，用盐腌过，很咸。这东西只是蟹壳没有什么肉，偶有一点蟹黄，只是嘬嘬味道而已，但是很下饭。

越塘的对面是一片菜园，更东去是荒地。黄开榜的老婆每年在荒地上种一片蚕豆。蚕豆嫩的时候摘了炒炒吃，到秋后，蚕豆老了，豆荚发黑了，就连豆秸拔下，从桥上拖过河来——越塘有一道简易的桥，只是两根洋松木方子搭在两岸，把豆秸晒在了裁缝门前的路上，让来往行人去踩，把豆荚踩破，豆粒脱出。蚕豆本来准备过冬没菜时煮了吃的，不到过冬，就都叫麻丫头炒炒吃掉了。

越塘很多人家无隔宿之粮，黄开榜家常是吃了上顿计算下顿。平常日子总有点法子，到了连阴下雨，特别冬天下大雪，挑箩把担家的真是揭不开锅了。逢到这种时候，黄开榜两口子就吵架，黄开榜用棍子打老婆——打的是枕头。吵架是吵给街坊四邻听的，告诉大家：我们家没有一颗米了。于是隔壁邻居丁裁缝就自己倒了一升米，又跟邻居"告"一点，给黄家送去，这才天下太平。丁裁缝是甲长，这种事情他得管。

黄开榜忽然异想天开，搞了一个新花样：下神。黄开榜家对面，有一家杨家香店的作坊。作坊接连两年着火，黄开榜说这是"狐火"，是胡大仙用尾巴在香面上蹭着的。他找了一堆断砖，在香店作坊墙外砌了一个小龛子，里面放一个瓦香炉。胡大仙附了他的体了，就乱蹦乱跳，乱喊乱叫起来，关云长、赵子龙、孙悟空、猪八戒、宋公明、张宗昌……胡说八道一气。居然有人相信他这胡大仙，给胡大仙上供：三个鸡蛋、一块豆腐。这供品够他喝二两酒。

三子从五里坝领回了个新媳妇。他到五里坝挑稻子，这女孩子喜欢他，就跟来了。这是一个农民家的女儿，虽然和一个见了几次面的男人私奔（她是告诉过爹妈的），却是一个很朴素的女孩子。她宽肩长腿，大手大脚，非常健康。眼睛很大，看人的时候显得很纯净坦诚，不像城市贫民的女儿有点狡猾，有点淫荡。她力气很大，挑起担子和三子走得一样快。她认为自己选择了三子选对了；三子也觉得他真捡到了一个好老婆。新媳妇对越塘一带的风气看不惯。她看不惯老公爹装神弄鬼，也看不惯二嫂子偷人养汉。枕头上对三子说："这算怎么回事？这不像一户正经人家！"她和三子合计，找一块地方，盖三间草房，和他们分开，另过。三子同意。

黄开榜生病了。

越塘一带人，尤其是黄开榜一家，是很少生病的。生病也不请医吃药。有点头疼脑热，跑肚拉稀，就到汪家去要几块霉糕。汪家老太太过年时蒸糕，总要留下一簸箕，让它长出霉斑，给穷人，黄开榜的老婆在家里有人生病时就去要几块霉糕，煮汤喝下去，病就好了。霉糕治病，是何道理？后来发明了盘尼西林，医学界说霉糕其实就是盘尼西林。那么汪家老太太可称是盘尼西林的首先发明者。

黄开榜吃了霉糕汤，不见好。

一天大清早，黄家传出惊人的哭声：黄开榜死了。

丁裁缝拿了绿薄到街里店铺中给黄开榜化了一口薄皮棺材，又自己出钱，买了白布，让黄家人都戴了孝。

黄开榜的大儿子，已经姓薛的裁缝赶来给黄开榜磕了三个头，留下十块钱给他的亲生母亲，走了，没说一句话。

三子和三媳妇用两根桑木扁担把黄开榜的薄皮棺材从洋松木方的简易桥上抬过越塘，要埋到种蚕豆的荒地旁边。哑巴把那支紫铜长颈喇叭找出来，在棺材前使劲连吹："嘟——"。

仁　慧

　　仁慧是观音庵的当家尼姑。观音庵是一座不大的庵。尼
姑庵都是小小的。当初建庵的时候，我的祖母曾经捐助过一笔
钱，这个庵有点像我们家的家庵。我还是这个庵的寄名徒弟。
我小时候是个"惯宝宝"，我的母亲盼我能长命百岁，在几个
和尚庙、道士观、尼姑庵里寄了名。这些庙里、观里、庵里的
方丈、老道、住持就成了我的干爹。我的观音庵的干爹我已经
记不得她的法名，我的祖母叫她二师父，我也跟着叫她二师

父。尼姑则叫她"二老爷"。尼姑是女的，怎么能当人家的"干爹"？为什么尼姑之间又互相称呼为"老爷"？我都觉得很奇怪。好像女人出了家，性别就变了。

二师父是个面色微黄的胖胖的中年尼姑，是个很忠厚的人，一天只是潜心念佛，对庵里的事不大过问。在她当家的这几年，弄得庵里佛事稀少，香火冷落，房屋漏雨，院子里长满了荒草，一片败落景象。庵里的尼姑背后管她叫"二无用"。

二无用也知道自己无用，就退居下来，由仁慧来当家。

仁慧是个能干人。

二师父大门不出，仁慧对施主家走动很勤。谁家老太太生日，她要去拜寿。谁家小少爷满月，她去送长命锁。每到年下，她就会带一个小尼姑，提了食盒，用小瓷坛装了四色咸菜给我的祖母送去。别的施主家想来也是如此。观音庵的咸菜非常好吃，是风过了再腌的，吃起来不是苦咸苦咸，带点甜味儿。祖母收了咸菜，道声："叫你费心。"随即取十块钱放在食盒里。仁慧再三推辞，祖母说："就算是这一年的灯油钱。"

仁慧到年底，用咸菜总能换了百十块钱。

她请瓦匠来检了漏，请木匠修理了窗槅。窗槅上尘土堆积的槅扇纸全都撕下来，换了新的。而且把庵里的全部亮槅都打开，说："干吗弄得这样暗无天日！"院子里的杂草全锄了，

230

养了四大缸荷花。正殿前种了两棵玉兰。她说："施主到庵堂寺庙，图个幽静，荒荒凉凉的，连个坐坐的地方都没有，谁还愿意来烧香拜佛？"

我的祖母隔一阵就要到观音庵看看，她的散生日①都是在观音庵过的。每次都是由我陪她去。

祖母和二师父在她的禅房里说话，仁慧在办斋，我就到处乱钻。我很喜欢到仁慧的房里去玩，翻翻她的经卷，摸摸乌斯藏铜佛，掐掐她的佛珠，取下马尾拂尘挥两下。我很喜欢她房里的气味。不是檀香，不是花香，我终于肯定，这是仁慧肉体的香味。我问仁慧："你是不是生来就有淡淡的香味？"仁慧用手指点了一下我的额头，说："你坏！"

祖母的散生日总要在观音庵吃一顿素斋。素斋最好吃的是香蕈饺子。香蕈（即冬菇）汤，荠菜、香干末做馅，包成薄皮小饺子，油炸透酥。倾入滚开的香蕈汤，刺啦有声，以勺舀食，香美无比。

仁慧募化到一笔重款，把正殿修缮油漆了一下，焕然一新，给三世佛重新装了金。在正殿对面盖了一个高敞的过厅。正殿完工，菩萨"开光"之日，请赞助施主都来参与盛典。这一天观音庵气象庄严，香烟缭绕、花木灼灼，佛日增辉。施主们全部盛装而来，长裙曳地。礼赞拜佛之后，在过厅里

---

① 散生日是指个数为一至九岁的小生日，不是整十岁或十的倍数的整岁生日。

设了四桌素筵。素鸡、素鸭、素鱼、素火腿……使这些吃长斋的施主最不能忘的是香蕈饺子。她们吃了之后，把仁慧叫来，问："这是怎么做的？怎么这么鲜？没有放虾子吗？"仁慧忙答："不能不能，怎能放虾子呢！就是香蕈！——黄豆芽吊的汤。"

观音庵的素斋于是出了名。

于是就有人来找仁慧商量，请她办几桌素席。仁慧说可以。但要三天前预订。因为竹荪、玉兰片、猴头，都要事先发好。来赴斋的有女施主，也有男性的居士。也可以用酒，但限于木瓜酒、豨莶酒这样的淡酒，不预备烧酒。

二师父对仁慧这样的做法很不以为然，说："这叫作什么？观音庵是清静佛地，现在成了一个素菜馆！"但是合庵尼僧都支持她。赴斋的人多，收入的香钱就多，大家都能沾惠。佛前"乐助"的钱柜里的香钱，一个月一结，仁慧都是按比例分给大家的。至少，办斋的日子她们也能吃点有滋味的东西，不是每天白水煮豆腐。

尤其使二师父不能容忍的，是仁慧学会了放焰口。放焰口本是和尚的事，从来没有尼姑放焰口的。仁慧想:一天老是敲大鱼念那几本经有什么意思？为什么尼姑就不能放焰口？哪本戒律里有过这样的规定？她要学！善因寺常做水陆道场，她去看了几次，大体能够记住。她去请教了善因寺的方丈铁桥。这铁桥是个风流和尚，听说一个尼姑想学放焰口，很惊奇，就一字一句地教了她。她对经卷、唱腔、仪注都了然在心了，就找了本庵几个聪明的尼姑和别的庵里也不大守本分的年轻尼姑，学起放焰口来。起初只是在本庵演习，在正殿上摆开桌子、凳子唱诵。咳，还真像那么回事。尼姑放焰口，这是新鲜事。于是招来一些善男信女、浮浪子弟参观。你别说，这十几个尼姑的声音真是又甜又脆，比起和尚的癞猫嗓子要好听得多。仁慧正座，穿金蓝大红袈裟，戴八瓣莲花毗卢帽，两边两条杏黄飘带，美极了！于是渐渐有人家请仁慧等一班尼姑去放焰口，不再有人议论。

观音庵气象兴旺，生机蓬勃。

解放。

土改。

土改工作队没收了观音庵的田产，征用了观音庵的房屋。

观音庵的尼姑大部分还了俗，有的嫁了人。

有的尼姑劝仁慧还俗。

"还俗？嫁人？"

仁慧摇头。

她离开了本地，云游四方，行踪不定。西湖住几天，邓尉住几天，峨嵋住几天，九华山住几天。

有许多关于仁慧的谣言。说无锡惠山一个捏泥人的，偷偷捏了一个仁慧的像，放在玻璃橱里，一尺来高，是裸体的。说仁慧有情人，生过私孩子……

有些谣言仁慧也听到了，一笑置之。

仁慧后来在镇江北固山开了一家菜根香素菜馆，卖素菜、素面、素包子，生意很好。菜根香的名菜是香蕈饺子。

菜根香站稳了脚，仁慧把它交给别人经管，她又去云游四方。西湖住几天，邓尉住几天，峨嵋住几天，九华山住几天。

仁慧六十开外了，望之如四十许人。

露　水

露水好大，小轮船的跳板湿了。

小轮船靠在御码头。

这条轮船航行在运河上已经有几年，是高邮到扬州的主要交通工具。单日由高邮开扬州，双日返回高邮。轮船有三层。底层有几间房舱，坐的是县政府的科长、县党部的委员，杨家、马家等几家阔人家出外就学的少爷小姐，考察河工的水利厅的工程师。房舱贵，平常坐不满。中层是统舱。坐统舱的多是生意买卖人，布店、药店、南货店的二掌柜，给学校来购图书仪器的中学教员……给茶房一点钱，可以租用一张帆布躺椅。上层叫"烟篷"，四边无遮挡，风、雨都可以吹进来。坐"烟篷"的大都自己带一块油布，或躺或坐。"烟篷"乘客，三教九流。带着锯子、凿子的木匠，挑着锡匠挑子的锡匠，牵着猴子耍猴的，细批流年的江湖术士，吹糖人的，到缫丝厂去缫丝的乡下女人，甚至有"关亡"的、"圆光"的、挑牙虫的。

客人陆续上船，就来了许多卖吃食的。卖牛肉高粱酒的，卖五香茶叶蛋的，卖凉粉的，卖界首茶干的，卖"洋糖百合"的，卖炒花生的。他们从统舱到"烟篷"来回窜，高声叫卖。

轮船拉了一声汽笛。催送客的上岸，卖小吃的离船。不过都知道开船还有一会儿。做小生意的还是抓紧时间照做，不过把价钱都减下来了一些。两位喝酒的老江湖照样从从容容喝酒，把酒喝干了，才把豆绿酒碗还给卖牛肉高粱酒的。轮船拉了第二声汽笛，这是真要开了。于是送客的上岸，做小生意的却匆匆忙忙，三步两步跨过跳板。正在快抽起跳板的时候，有两个人逆着人流，抢到船上。这是两个卖唱的，一男一女。男的是个细高条，高鼻、长脸，微微驼背，穿件褪色的蓝布长衫，浑身带点江湖气，但不讨厌。女的面黑微麻，穿青布衣裤。

男的是唱扬州小曲的。他从一个蓝布小包里取出一个细瓷蓝边的七寸盘,一双刮得很光滑的竹筷。他用右手持瓷盘,食指、中指捏着竹筷,摇动竹筷,发出清脆的、连续不断的响声;左手持另一根筷子,时时击盘边为节。他的一个瓷盘,两根竹筷,奏出或紧或慢、或强或弱的繁复的碎响,真是"大珠小珠落玉盘"。

姐在房中头梳手,忽听门外人咬狗。抬起狗来打砖头,又怕砖头咬了手。从来不说颠倒话,满天凉月一颗星。

"哪位说了:你这都是淡话!说得不错。人活在世,不过是几句淡话罢了。等人、钓鱼、坐轮船,这是'三大慢'。不错。坐一天船,难免气闷无聊。等学生给诸位唱几段小曲,解解闷,醒醒脾,冲冲瞌睡!"

他用瓷盘、竹筷奏了一段更加紧凑的牌子,清了清嗓子。唱道:

一把扇子七寸长,一个人煽风二人凉。松呀,嗍呀。呀呀子沁,月照花墙。手扶栏杆口叹一声,鸳鸯枕上劝劝有情人呀。一路鲜花休要采耶,干哥哥,奴是你的知心着意人哪?

这是短的，他还有些比较长的，《小尼姑下山》《妓女悲秋》。他的拿手，是《十八摸》，但是除非有人点，一般是不唱的。他有一个经折子。上列他能唱的小曲，可以由客人点唱。一唱《十八摸》，客人就兴奋起来。统舱的客人也都挤到"烟篷"里来听。

唱了七八段，托着瓷盘收钱。给一个铜板、两个铜板，不等。加上点唱的钱，他能弄到五六、七八角钱。他唱完了，

女的唱：

> 你把那冤枉事对我来讲，一桩桩一件件，桩桩件件对小妹细说端详。最可叹你死在那梦里以内，高堂哭坏二老爹娘……

这是《枪毙阎瑞生·莲英惊梦》的一段。枪毙阎瑞生是上海实事。莲英是有名的妓女，阎瑞生是她的熟客。阎瑞生把莲英骗到郊外，在麦田里勒死了她，劫去她手上戴的钻戒。案发，阎瑞生被枪毙。这案子在上海很轰动，有人编成了戏。这是时装戏。饰莲英的结拜小妹的是红极一时的女老生露兰春。这出戏唱红了，灌了唱片，由上海一直传到里下河。几乎凡有留声机的人家都有这张唱片，大人孩子都会唱"你把那冤枉事"。这个女的声音沙哑，不像露兰春那样响堂挂味。她唱的时候没有人听，唱完了也没有多少人给钱。这个女人每次都唱

238

这一段，好像也只会这一段。

唱了回，客人要休息，他们也随便找个旮旯蹲蹲。

到了邵伯，有些客人下船，新上一批客人，等客人把包袱行李安顿好了，他们又唱一回。

到了扬州，吃一碗虾子酱油汤面，两个烧饼，在城外小客栈的硬板床上喂一夜臭虫，第三天清早踏着露水，赶原班轮船回高邮，船上还是卖唱。

扬州到高邮是下水，五点多钟就靠岸了。

这两个卖唱的各自回家。

他们也还有自己的家。

他们的家是"芦席棚子"。芦笆为墙，上糊湿泥。棚顶也以"钢芦柴"（一种粗如细竹、极其坚韧的芦苇）为椽，上覆茅草。这实际上是个窝棚，必须爬着进，爬着出。但是据说除了大雪天，冬暖夏凉。御码头下边，空地很多，这样的"芦席棚子"是不少的。棚里住的是叉鱼的、照蟹的、捞鸡头米的、串糖球（即北京所说的"冰糖葫芦"）的、煮牛杂碎的……

到家之后，头一件事是煮饭。女的永远是糙米饭、青菜汤。男的常煮几条小鱼（运河旁边的小鱼比青菜还便宜），炒一盘咸螺蛳，还要喝二两稗子酒。稗子酒有点苦味，上头，是最便宜的酒。不知道糟房怎么能收到那么多稗子做酒！一亩田才有多少稗子？

吃完晚饭，他们常在河堤上坐坐，看看星，看看水，看看夜渔的船上的灯，听听下雨一样的虫声，七搭八搭地闲聊天。渐渐地，他们知道了彼此的身世。

男的原来开一个小杂货店，就在御码头下面不远，日子满过得去。他好赌，每天晚上在火神庙推牌九，把一间杂货店输得精光。老婆也跟了别人。他没脸在街里住，就用一个盘子、两根筷子上船混饭吃。

女的原是个里下河草台班子里唱戏的。草台班子无所谓头牌二牌，派什么唱什么。后来草台班子散了，唱戏的各奔东西。她无处投奔就到船上来卖唱。

"你有过丈夫吗？"

"有过。喝醉了酒栽在大河里，淹死了。"

"生过孩子没有？"

"出天花死了。"

"命苦！……你这么一个人干唱，有谁要听？你买把胡琴，自拉自唱。"

"我不会拉。"

"不会拉……这么着吧，我给你拉。"

"你会拉胡琴？"

"不会拉还到不了这个地步。泰山不是堆的。牛×不是吹的。你别把土地爷不当神仙。横的、竖的、吹的、拉的，我都拿得起来。十八般武艺件件精通——件件稀松。不过给你拉'你把那冤枉事'，还是富富有余！"

240

"你这是真话？"

"哄你叫我掉到大河里喂王八！"

第二天，他们到扬州辕门桥乐器店买了一把胡琴。男的用手指头弹弹蛇皮，弹弹胡琴筒子、担子，拧拧轸子，撅撅弓子，说："就是它！"买胡琴的钱是男的付的。

第二天回家。男的在胡琴上滴了松香，安了琴码，定了弦，拉了一段西皮，一段二黄，说："声音不错！——来吧！"男的拉完了原板过门，女的顿开嗓子唱了一段《莲英惊梦》，引得芦席棚里邻居都来听，有人叫好。

从此，因为有胡琴伴奏，听女的唱的客人就多起来。

男的问女的："你就会这一段？"

"你真是隔着门缝看人！我还会别的。"

"都是什么？"

"《卖马》《斩黄袍》……"

"够了！以后你轮换着唱。"

于是除了《莲英惊梦》，她还唱"店主东，带过了，黄骠马……"，"孤王酒醉桃花宫"。当时刘鸿声大红，里下河一带很多人爱唱《斩黄袍》。唱完了，给钱的人渐渐多起来。

男的进一步给女的出主意。

"你有小嗓没有？"

"有一点。"

"你可以一个人唱唱生旦对儿戏：《武家坡》《汾

河湾》。"

最后女的竟能够一个人唱一场《二进宫》。

男的每天给她吊嗓子，她的嗓子"出来"了，高亮打远，有味。

这样女的在运河轮船上红起来了。她得的钱竟比唱扬州小曲的男的还多。

他们在一起过了一个月。男的得了绞肠痧，折腾一夜，死了。

女的给他刨了一个坟，把他葬了。她给他戴了孝，在坟头烧钱化纸。

她一张一张地烧纸钱。

她把剩下的纸钱全部投进火里。

火苗冒得老高。

她把那把胡琴丢进火里。首先发出爆裂的声音的是蛇皮，接着毕剥一声炸开的是琴筒，然后是担子，最后轸子也烧着了。

女的拍着坟土，大哭起来："我和你是露水夫妻，原也不想一篙子扎到底。可你就这么走了！

"就这么走了！

"就这么走了！

"你走得太快了！

"太快了！

"太快了!

"你是个好人!

"你是个好人!

"你是个好人哪!"

她放开声音号啕大哭,直哭得天昏地暗,树上的乌鸦都惊飞了。

第二天,她还是在轮船上卖唱,唱:"你把那冤枉事对我来讲……"

露水好大。

要　账

　　张老头八十六了，身体还挺好，只是耳朵聋，有时糊涂。有一次，他一个人到铁匠营去，找不到自己的家了。他住在蒲黄榆，从蒲黄榆到铁匠营只有半站地。从此他就不往离他的家十步以外的地方溜达。他总是在他所住的居民楼的下面的墙根底下坐着，除了刮大风，下雨，下雪。他带着全部装备：一个马扎，一个棉垫子，都用麻绳吊在一起；一个紫红色的尼龙绸口袋，里面装的是眼镜盒——他其实不看报，烟卷——他抽的是最次的烟，烟嘴、火柴……他手指上戴了三四个黄铜的戒指，纽扣孔里拖出一条钥匙链，一头塞在左上角衣兜里，仿佛这是一个怀表——他"感觉"这就是怀表。他的腕子上经常套着山桃核的手串，有时是山核桃的，有时甚至是串算盘珠。除了回家吃饭，他一天就这么坐着。

他不是一段木头，是一个人。是人，脑子里总要想一些事。

这几个月来他天天想的一件事是他要到天津跟老李要账。老李欠他五十块钱，他要去要回来。他跟他的二儿子说，叫儿子陪他上天津去。儿子说："老李欠你五十块钱。我怎么没听说过？这是哪儿的事呀？——"你知不道！那是俺们在天津'跑腿儿'时候的事，你知不道，你还年轻！儿子被他纠缠不过，只好陪他上了一趟天津，七拐八弯到处打听，总算把老李找到了。

李老头也八十多了。

老哥俩见面倒还都认识。

奉了茶，敬了烟，李老头说：

"张大哥身子骨还挺硬朗？"

"硬朗着哪！"

"您咋会上天津来啦？有事？找人？"

"有事！找人！"

"找谁？"

"找你！"

"找我有什么事？"

"找你要账。"

"找我要账？我欠你的账？"

"欠。"

"什么时候我欠过你的账？"

"那年，还是在咱们'跑腿儿'的时候，咱们合计过，合伙开一个煤铺，有这事没有？"

"有。"

"咱们合计，一个拿出五十块钱，有这事没有？"

"有。"

"你没拿这五十块钱，是不？"

"这事没有弄成，吹了。"

"管他吹了不吹了。你答应拿出五十块钱，你没拿，你欠我五十块钱，这钱你得还我。"

"你也答应拿五十块钱，你也没拿呀！"

"那是我的事，你不用管。你还我钱。"

两个老头吵得不可开交，只好上派出所去解决。

值班的民警听了两个老头的申诉，说：

"李老头和张老头合计合伙开煤铺，李老头答应拿出五十块钱，李老头没拿，李老头欠张老头五十块钱。现在判决李老头拿出五十块钱还给张老头。"

246

张老头胜诉，喜笑颜开。李老头只好拿出五十块钱，心里不服。值班民警继续说：

"张老头答应拿出五十块钱，也没有拿，张老头欠李老头五十块钱，就该偿还。现决定，张老头将李老头还给张老头的五十块钱还给李老头。现在，谁也不欠谁的钱了，问题就这样解决了，你们都回去吧。"

张老头从天津回到北京，一直想不通，他一直认为李老头欠他的钱，整天想这件事。

张老头再活十年没有问题，他会想这件事想十年。

卖眼镜的宝应人

　　他是个卖眼镜的，宝应人，姓王。大家不知道怎么称呼他才合适。叫他"王先生"高抬了他，虽然他一年四季总是穿着长衫，而且整齐干净（他认为生意人必要"擦干掸净"，才显得有精神，得人缘，特别是脚下的一双鞋，千万不能邋遢："脚底无鞋穷半截"）。叫他老王，又似有点小瞧了他。不知是哪位开了头，叫他"王宝应"，于是就叫开了。背后，当面都这么叫。以至"王宝应"也觉得自己本来就叫王宝应。

他是个跑江湖做生意的，不老在一个地方。"行商坐贾"，他算是"行商"。他所走的是运河沿线的一些地方，南自仪征、仙女庙、邵伯、高邮，他的家乡宝应、淮安，北至清江浦。有时也岔到兴化、泰州、东台。每年在高邮停留的时间较长，因为人熟，生意好做。

卖眼镜的撑不起一个铺面，也没有摆摊的，他走着卖——卖眼镜也没有吆喝的。他左手半捧半托着个木头匣子，匣子一底一盖，后面用尖麻钉卡着有合页连着。匣子平常也是揭开的。匣盖子里面有二三十副眼镜。平光镜、近视镜、老花镜、养目镜。这么个小本买卖没有什么验目配光的设备，有人买，挑几副试试，能看清楚报上的字就行。匣底是一些杂七杂八的东西，可以说是小古董：玛瑙烟袋嘴、"帽正"的方块小玉、水钻耳环、发蓝点翠银簪子、风藤镯，甚至有装鸦片烟膏的小银盒……这些东西不知他是从什么地方寻摸来的。

他寄住在大淖一家人家。一大早，就托着他的眼镜匣奔南门外琵琶闸，在小轮船开船前，在"烟篷"、统舱里转一圈。稍后，几家茶馆，五柳园、小蓬莱、新大陆都上了客，他就到茶馆转一圈。哪里人多，热闹，都可以看到他的踪迹。王四海耍"大把戏"的场子外面、唱"大戏"的庙台子下面、放戒的善因寺山门旁边，甚至枪毙人（当地叫作"铳人"）的刑场附近，他都去。他说他每天走的路不下三四十里。"人为财死，鸟为食亡，天生的劳碌命！"

249

王宝应也不能从早走到晚，他得有几个熟识的店铺歇歇脚。李馥馨茶叶店、大吉陞油面（茶食）店、同康泰布店、王万丰酱园……最后，日落黄昏，到保全堂药店。他到这些店铺，和"头柜""二柜""相公"（学生意的）都点点头，就自己找一个茶碗，从"茶壶捂子"里倒一杯大叶苦茶，在店堂找一张椅子坐下。有时他也在店堂里用饭：两个插酥芝麻烧饼。

　　他把木匣放在店堂方桌上，有生意做生意，没有生意时和店里的"同事"、无事的闲人谈天说地，道古论今。他久闯江湖，见多识广，大家也愿意听他"白话"。听他白话的人大都半信半疑，以为是道听途说。——他书读得不多，路走得不少，可不只能是"道听途说"吗？

　　他说沭阳陈生泰（这是苏北人都知道的一个特大财主）家有一座羊脂玉观音。这座观音一尺多高，"通体无瑕"。难得的是龙女的一抹红嘴唇、善财童子的红肚兜，都是天生的。——当初"相"这块玉的师傅怎么就能透过玉胚子看出这两块红，"碾"得又那么准？这是千载难逢，是块宝。有一个大盗，想盗这座观音，在陈生泰家瓦垄里伏了三个月。可是每天夜里只见下面一排都是灯笼、火把，人来人往，不敢下手。灯笼、火把，人来人往，其实并没有，这是神灵呵护。凡宝物，必有神护，没福的，取不到手。

　　他说"十八鹤来堂"夏家有一朵云。云在一块水晶里，平常看不见。一到天阴下雨，云就生出来，盘旋袅绕；天晴了，云又渐渐消失。"十八鹤来堂"据说是堂建成时有十八只白鹤飞来，这也许是可能的。鹤来堂有没有一朵云，就很难说了。但是高邮人非常愿意夏家有一朵云——这多美呀。没有人说王宝应是瞎说。

他说从前泰山庙正殿的屋顶上，冬天，不管下多大的雪，不积雪。什么缘故？原来大殿下面有一个很大的獾子洞，跟正殿的屋顶一样大。獾子用自己的毛擀成一块大毯子——"獾毯"。"獾毯"热气上升，雪不到屋顶就化了。有人问这块"獾毯"后来到哪里了，王宝应说："被一个'江西憨宝回子'盗走了——现在下大雪的时候泰山庙正殿上照样积雪。"

除了这些稀世之宝，王宝应最爱白话的是各地的吃食。

他说淮安南阁楼陈聋子的麻油馓子风一吹能飘起来。

他说中国各地都有烧饼，各有特色，大小、形状、味道，各不相同。如皋的黄桥烧饼、常州的麻糕、镇江的蟹壳黄，味道都很好。但是他宁可吃高邮的"火镰子"，实惠！两个，就饱了。

他说东台冯六吉——大名士，在年羹尧家当西宾——坐馆。每天的饭菜倒也平常，只是做得讲究。每天必有一碗豆腐脑。冯六吉岁数大了，辞馆回乡。他想吃豆腐脑。家里人想这还不容易？到街上买了一碗。冯六吉尝了一勺，说："不对，不是这个味道！"街上买来的豆腐脑怎么能跟年羹尧家的比呢？年羹尧家的豆腐脑是鲫鱼脑做的！

他的白话都只是"噱头"，目的是招人，好推销他的货。他把他卖的东西吹得神乎其神。

他说他卖的风藤镯是广西十万大山出的，专治多年风湿，筋骨酸疼。

他说他卖的养目镜是真正茶晶，有"棉"，不是玻璃的。真茶晶有"棉"，假的没有，戴了这副眼镜，会觉得阴凉阴凉。赤红火眼，三天可愈。

他不知从哪里收到一把清朝大帽的红缨，说是猩猩血染的，五劳七伤，咯血见红，剪两根煎水，热黄酒服下，可以立止。

有一次，他拿来一个浅黄色的烟嘴，说是蜜蜡的。他要了一张白纸，剪成米粒大一小块一小块，把烟嘴在袖口上磨几下。往纸屑上一放，纸屑就被吸起来了。"看！不是蜜蜡，能吸得起来吗？"

蜜蜡烟嘴被保全堂的二老板买下了。二老板要买，王宝应没敢多要钱。

二老板每次到保全堂来，就在账桌后面一坐，取出蜜蜡烟嘴、用纸捻通得干干净净，觑着眼看看烟嘴小孔，掏出白绸手绢把烟嘴全身上下仔仔细细擦了个遍，然后，掏出一支大前门，插进烟嘴，点了火，深深抽了几口，悠然自得。

王宝应看看二老板抽烟抽得那样出神入化，也很陶醉：

"蜜蜡烟嘴抽烟，就是另一个味儿，香，醇，绵软！"

二老板不置可否。

王宝应拿来三个翡翠表拴。那年头还兴戴怀表。讲究的是银链子、翡翠表拴。表拴别在纽扣孔里。他把表拴取出来，让在保全堂店堂里聊天的闲人赏眼："看看，多地道的东西，翠色碧绿，地子透明，这是'水碧'。我费了好大的劲才弄到。不贵，两块钱就卖——一根。"

十几个脑袋向翡翠表拴围过来。

一个外号"大高眼"的玩家掏出放大镜，把三个表拴挨个看了，说："东西是好东西。"

开陆陈行的潘小开说："就是太贵，便宜一点，我要。"

"贵？好说！"

经过讨价还价，一块八一根成交。

"您是只要一个，还是三个都要？"

"都要！——送人。"

"我给您包上。"

王宝应抽出一张棉纸，要包上表拴。

"先莫忙包，我再看看。"

潘小开拈起一个表拴：

"靠得住？"

"靠得住！"

"不会假？"

"假？您是怕不是玉的，是人造的，松香、赛璐珞、'化学'的。笑话？我王宝应在高邮做生意不是一天了，什么时候卖过假货？是真是假，一试便知。玉不怕火，'化学'的见火就着。当面试给你看！"

　　王宝应左手两个指头捏住一个表拴，右手划了一根火柴，火苗一近表拴——呼，着了。

辜家豆腐店的女儿

豆腐店是一个"店"，怎么会有个女儿。然而螺蛳坝一带的人背后都是这么叫她的。或者称作"辜家的女儿""豆腐店的女儿"。背后这样提她，有种特殊的意味。姓辜的人家很少，这个县里好像就是两三家。

螺蛳坝是"后街"，并没有一个坝，只是一片不小的空场。七月十五，这里做盂兰盆会。八九月，如果这一年收成好，就有人发起，在平桥上用杉篙木板搭起台来唱戏。约的是

255

里下河的草台戏子，京戏、梆子"两下锅"，既唱《白水滩》这样摔"壳子"的武打戏，也唱《阴阳河》这样踩跷的戏。做盂兰盆会、唱大戏，热闹几天，平常这里总是安安静静的。孩子在这里踢毽子，踢铁球，滚钱，抖空竹（本地叫"抖天嗡子"）。有时跑过来一条瘦狗，匆匆忙忙，不知道要赶到哪里去干什么。忽然又停下来，竖起耳朵，好像听见了什么。停了会儿，又低了脑袋匆匆忙忙地走了。

螺蛳坝空场的北面有几户人家。有两家是打芦席的。每天看见两个中年的女人破苇子，编席，一顿饭工夫，就织出一大片。芦席是为大德生米厂打的。米厂要用很多芦席。东头一家是个"茶炉子"，即卖开水的，就是上海人所说的"老虎灶"。一个像柜子似的砖砌的炉子，四角有四个很深的铁铸的"汤罐"，满满四罐清水，正中是火眼，烧的是粗糠。粗糠用一个小白铁簸箕倒进火眼，"呼——"火就猛升上来，"汤罐"的水就咕嘟开了。这一带人家用开水——冲茶、烫鸡毛、拆洗被窝，都是上"茶炉子"去灌，很少人家自己烧开水。因为上"茶炉子"灌水很方便，省得费柴、费火，烟熏火燎，又用不了多少。"茶炉子"卖水，不是现钱交易，而是一次卖出一堆"茶筹子"——一个一个长方形的小竹片，一面用铁模子烙出"十文""二十文"……灌了开水，给几根茶筹子就行了。"茶炉子"烧的粗糠是成挑的从大德生米厂趸来的。一进"茶炉子"，除了几口很大的水缸，一眼看到的便是靠后墙堆得像山一样的粗糠。

螺蛳坝一带住的都是"升斗小民"，称得起殷实富户的，是大德生米厂。"大德生"的东家姓王，街上人都称他王老板。大德生原来的底子就厚实，一盘很大的麻石碾子，喂着两头大青骡子，后面仓里的稻子堆齐二梁。后来王老板把骡子卖了，改用机器碾米，生意就更兴旺了。大德生原是一个米店，改用机器后就改称为"米厂"。这算是螺蛳坝唯一的工厂。每天这一带都听得到碾米的柴油机的铁烟筒里发出节奏均匀的声音：砰——砰——砰……

王老板身体很好，五十多岁了，走路还飞快，留撇乌黑的牙刷胡子，双眼炯炯有神。

他的大儿子叫王厚辽，在米厂里量米，记账。他有个外号叫"大呆鹅"，看样子也确是有点呆相。

二儿子叫王厚塾，跟一个姓刘的老先生学中医。长得眉清目秀，一表人才。

大德生东墙外住着一个姓薛的裁缝。薛裁缝是个老实人，整天只知道低头做活，穿针引线。他的老婆人称薛大娘。薛大娘跟老头子可不是一样的人，她也"穿针引线"，但引的是另外一种线，说白了，就是拉皮条。

大德生门前有一条小巷，就叫作辜家巷，因为巷子里只有一家人家。辜家的后门就开在巷子里，和大德生斜对门，两步就到了。后面是住家，前面是做豆腐的作坊，前店后家。

辜家很穷。

从螺蛳坝到草巷口，有两家豆腐店。豆腐店是发不了财的，但是干了这一行也只有一直干下去。常言说："黑夜思量千条路，清早起来依旧磨豆腐。"不过草巷口的那家生意不错。一清早卖豆浆，热气腾腾的满满一锅。卖豆腐，四大屉。压百叶，百叶很薄，很白。夏天卖凉粉皮。这凉粉皮是用莴苣汁和的绿豆面，颜色是浅绿的，而且有股莴苣香。生意好，小老板两个月前还成了亲。新媳妇坐在磨子一边，往磨眼里注水，加黄豆，头上插朵大红剪绒的小小的喜字。

相比之下，辜家豆腐店就显得灰暗、残旧，一点生气也没有。每天只做两屉豆腐，有时一屉，有时一屉也没有。没本钱，买不起黄豆。辜老板老是病恹恹的，没有一点精神。

辜老板老婆死得早，没有留下一个儿子，跟前只有一个女儿。

辜家的女儿长得有几分姿色，在螺蛳坝算是一朵花。她长得细皮嫩肉，只是面色微黄，好像是用豆腐水洗了脸似的，身上也有点淡淡的豆腥气。

一天三顿饭，几乎顿顿是炒豆腐渣，不过总得有点油滑滑锅。牵磨的"蚂蚱驴"也得扔给它一捆干草。更费钱的是她爹的病。他每天吃药，王厚堃的师父开的药方都很贵，这位刘先生爱用肉桂，而且旁注"要桂林产者"。每天辜家女儿把药渣倒在路口，对面打芦席和烧茶炉子的大娘看见辜家的女儿在门前倒药渣，就叹了一口气："难！"

大德生的王老板找到薛大娘，说是辜家的日子很难，他想帮他们家一把。

"怎么个帮法？"

"叫他女儿陪我睡睡。"

"什么？人家是黄花闺女，比你的女儿还小一岁，我不干这种缺德事！"

"你去说说看。"

媒人的嘴两张皮，辣椒能说成大鸭梨。七说八说，辜家女儿心里活动了，说："你叫他晚上来吧。"

没想到大呆鹅也找到薛大娘。

王老板是包月，按月给五块钱。

大呆鹅是现钱交易。每次事完，摸出一块现大洋，还要用两块洋钱叮叮当当敲敲，以示这不是灌了铅的"哑板"。

没有不透风的墙，螺蛳坝巴掌大的地方，那么多双眼睛，辜家女儿的事情谁都知道了。烧茶炉子、打芦席的大娘指指戳戳，咬耳朵，点脑袋，转眼珠子，撇嘴唇子。大德生的碾米的师傅、量米的伙计议论："两代人操一张×，这叫什么事！"——"船多不碍港，客多不碍路，一只羊也是放，两只羊也是赶，你管他是几代人！"

辜家的女儿身体也不好，脸上总是黄白黄白的，她把王厚堃请到屋里看病。王厚堃给她号了脉，看了舌苔，开了脉案，大体说是气血两亏，天葵不调……辜家女儿问什么是"天葵不调"，王厚堃说就是月经不正常。随即写了一个方子，无非是当归、枸杞之类。

王厚堃站起身来要走，辜家女儿忽然把门闩住，一把抱住了王厚堃，把舌头吐进他的嘴里，解开上衣，把王厚堃的手按在胸前，让他摸她的奶子，含含糊糊地说："你要要我、要要我，我喜欢你，喜欢你……"

王厚堃没有想到她会这样，只好和她温存了一会儿，轻轻地推开了她，说："不行。"

"不行？"

"我不能欺负你。"

王厚堃给她掩了前襟，扣好纽扣，开门走了。

王厚堃悬崖勒马，也因为他就要结婚了，他要保留一个童身。

过了两个月，王厚堃结婚。花轿从辜家豆腐店门前过，前面吹着唢呐，放着三眼铳。螺蛳坝的人都出来看花轿，辜家的女儿也挤在人群里看。

花轿过去了，辜家的女儿坐在一张竹椅上，发了半天呆。

忽然她奔到自己的屋里，伏在床上号啕大哭。哭的声音很大，对面烧茶炉子的和打芦席的大娘都听得见。只是听不清她哭的是什么。三位大娘听得心里也很难受，就相对着也哭了起来，哭得稀溜稀溜的。

　　辜家的女儿哭了一气，洗洗脸，起来泡黄豆，眼睛红红的。

水蛇腰

　　崔兰是个水蛇腰。腰细，长，软。走起路来扭扭的。很多人爱看她走路。路上行人，尤其是那些男教员，看过来，看过去，眼睛很馋。崔兰并不知道有人看她。她只是自自然然地走。崔兰还小，才读小学五年级，虽然发育得比较快，对于许多事还有点懵懵的，感觉并不大懂。她还不知道卖弄风情，逗引男人。

　　崔兰结婚早。未免过早一点，高小毕业就结婚了。在这所六年级制的小学里，也许她是结婚最早的一个。嫁的是朱家，朱家的少爷。朱家是很阔的人家，开面粉厂。这个地方把面粉叫"洋面"，这个面粉厂叫"洋面厂"。崔兰嫁的是洋面厂的小老板。崔兰怎么会嫁到朱家去的呢？

崔兰的父亲是洋面厂的账房先生，崔兰常给她父亲到洋面厂去送饭（崔兰的母亲死得早，家里许多事得她管）。朱家的少爷一眼看上了崔兰，托人说媒，非崔兰不娶。崔兰的父亲自然没有意见，崔兰只说了两句话："我还小哩。……他们家太阔了！"事情就定了。

结婚三朝，正是农历七月十五，"迎会"（赛城隍）的日子。这个地方每年七月十五"出会"。近晌午时把城隍老爷的"大驾"从庙里请出来，在主要街道上"巡"一"巡"，到"行宫"里休息，下午再"回銮"。这是一年里最隆重而热闹的日子。大锣大鼓，丝竹齐奏。踩高跷，舞狮子，舞龙，舞"大头和尚"（月明和尚度柳翠）。高跷有"火烧向大人"（向大人即清末征太平天国的名将向荣）。柳枝腔"小上坟"贾大老爷用一个夜壶喝酒……茶担子、花担子，倾城出动，鞭花訇鸣，各种果品，各种鲜花，填街满巷，吟叫百端……

朱家的少爷带着新娘子去"看会"，手拉手。从挡军楼（洋面厂的所在）一直走到中市口（全城最繁华处）。新婚夫妻在大街上，在那么多人面前手搀手地走，那样亲热，很多"老古板"看不惯。

263

他们的衣装打扮也是这城里的人没有见过的。朱家少爷穿了一件月白香云纱长衫，上面却罩了一个插了玫瑰红韭菜叶边的黑缎子小马甲。马甲插边，还是玫瑰红的，男不男，女不女！

崔兰穿的是一件大红嵌金线乔其纱旗袍，脚下是一双麂皮软底便鞋，很显脚形——崔兰的脚很好看，长丝袜。新烫的头发（特为到上海烫的），鬓边插一朵小小的珍珠偏凤。脸上涂了夏士莲香粉蜜，旁氏口红，描眉画眼，风姿绰约，光彩照人。

朱家少爷和崔兰坐在王万丰（这是中市口一家大酱园）楼上靠栏杆一张小方桌前的藤椅（这是特为给上宾留的特座）上看会，喝茶，嗑瓜子。楼下往来的人议论纷纷，七嘴八舌。有男的，也有女的。有荤的，也有素的。有的人说出了声（小声），有的只是自己在心里想。

——崔兰这双丝袜得多少钱？

——反正你我买不起！

——她的旗袍开衩未免太高了，又坐在栏杆旁边，从下面什么都看见了！

——她穿了裤子没有？

——她晚上上床，一定很会扭，扭得很好看。

——你怎会知道？

——想当然耳，想当然耳！

——闭上你们这些男人的臭嘴!

一夜之间,崔兰从一个毛丫头变成了一个少奶奶,不知道为什么,很多人为此很不平。一句话在很多人的嘴里和心里盘桓。

"这可真是糠箩跳米箩了!"

兽　医

　　姚有多是本城有名的兽医（本城兽医不多），外号"姚六针"。他给牲口治病主要是扎针。六针见效。他不像一般兽医，要把牲口在杠子上吊起来，只是让牲口卧着，他用手在牲口肚子上摸摸，用耳朵贴在牲口的肠胃部分听听，然后从针包里抽出一尺长的针，照牲口肚子上连下三针。牲口放了一连串响屁，拉了好些屎。接着他又抽出三根针，噌噌噌，又下三针，牲口顿时浑身大汗。然后，用事先准备好的稻草灰，用笤帚在牲口身上拍一遍。不到一会儿，牲口就能挣扎着站起来，好了！

围看的人都说"真绝"。

据姚有多说：前三针是"通"。牲口得病，大都在肠，肠梗阻、肠套叠什么的，肠子通了，百病皆除。后三针是"补"。——"扎针还能补？"——"能，不补则虚，虚则无力。"他有时也用药，用一个木瓢把草药给骡马灌下去。也不煎，也不煮，叫牲口干吞。好家伙，那么一瓢药，够牲口嚼的。吃完，把牲口领起来遛几圈，牲口打几个响鼻，又开始吃青草了！

姚有多每天起来很早，一起来绕着城墙走一圈，然后到东门里王家亭子的空地上练两套拳。他说牲口挨针扎，会踢人，兽医必须会武功，能蹿能跳，防身。

姚有多的女人前两年得病死了，没有留下孩子，他一个人过。

谁都知道姚有多不缺钱，但是他的生活很简朴。早上一壶茶、三个肉包子。本地人把这种吃法叫作"一壶三点"。中午大都是在吴大和尚的饺面店里吃一碗面、两个插酥烧饼。晚饭就更简单了：喝粥。本地很多人家每天都是"两粥一饭"。

他不喝酒，不打牌。白天在没有人来请医的时候，看看熟人，晚上到保全堂药店听一个叫张汉轩的万事通天南地北地闲聊。

一天下午，姚有多在刘春元绒线店的廊檐外看到一个卖油条的孩子在跟一位老者下象棋。老者胡子花白，孩子也就是六七岁。一盘棋下了一半，花白胡子已经招架不住，手忙脚乱，败局已成，旁观的人都哈哈大笑。

　　收拾了棋盘棋子，姚有多问孩子：

　　"你是小顺子吧？"

　　"你怎么知道？"

　　"你还戴着你爹的孝呢！——长相也像。"

　　"你认识我爹？"

　　"我们从前是很好的朋友。"

　　"你是姚二叔。"

　　"你认识我？"

　　"谁不认识！"

　　"你妈还好？"

　　"还好。"

　　"小顺子，回去跟你妈说，你也不小了，不能老是卖油条。问她愿不愿让你跟我学兽医，我看你挺聪明的，准能学出个好兽医！"

　　"哎！得罪你啦，二叔！"

　　顺子前年死了爹，剩下母子二人相依为命，顺子卖油条，他妈给人洗衣裳。

　　顺子的爹生前租下两间房，这房的特点是门外有口青麻石井台的井。这样用起水来非常方便。顺子妈每天大件大件地洗，洗完了晾在井口边的竹竿上。顺子妈洗的被褥干净，叠的衣裳整齐，来找她拆洗的人很多。

顺子妈干什么都既从容又利落，动作很快，本地人管这样的人叫"刷刮"。

她长得很脱俗。个头稍高，肩背都瘦瘦薄薄的。她只有几件布衣裳，但是可体合身。发髻一边插一朵绒线的小白花，是给丈夫戴的孝。她的鞋面是银灰色的。这双银灰色的鞋，使她有一种说不出的风韵。

顺子妈和街坊处得很好。有求她裁一身衣裳的，"替"一双鞋样的，绞个脸的，她无不答应——本地新娘子嫁前要用两根白线把汗毛"绞"了，显出额头，叫作"绞脸"。但是她很少到人家串门，因为她是个"半边人"（本地称寡妇为"半边人"），怕人家忌讳。她经常走动、聊天说话的是隔壁的金大娘，开茶炉子卖开水的金大力的老婆。金大娘心善人好，只是话多，爱管闲事。

一天晚上，顺子妈把晾干的衣裳已经叠好，金大娘的茶炉子来买水的也不多了，她就过来找金大娘闲聊——她们是紧邻。

"二嫂子，"金大娘总是叫顺子妈为"二嫂子"，"我有句话，不知当讲不当讲。讲错了，你别生气。"

"你说！"

"你也该往前走一步了。"

本地把寡妇改嫁叫"往前走一步"。

"我不是没有想过，只是忘不了死鬼。"

"你不能守一辈子！"

"再说，也没有合适的人。我怕进来一个后老子，待顺子不好，那我心里就如刀剜了。"

"合适的人？有！"

"谁？"

"姚有多。他前些时还想收顺子当徒弟，不会苦了孩子。"

"我想想。"

"想想！过两天给我个回话，摇头不是点头是！"

姚有多原来也没有往这件事上想过，金大娘一提，他心动了。走过来走过去，总要向井台上看看。他这才发现，顺子妈长得这样素雅，他心里怦怦直跳。

顺子妈在洗衣裳，听到姚有多的脚步，不免也抬眼看了看。

事情就算定了。

顺子妈除了孝，把发髻边的小白花换成一朵大红剪绒喜字，脱了银灰色的旧鞋，换上一双绣了秋海棠的新鞋就像换了一个人。

刘春元的刘老板、保全堂药店管事卢先生算是媒人。

270

顺子妈亲自办了两桌席谢媒。

把客人送走，洗了碗碟，月亮出来了，隔着房门听听，顺子已经呼呼大睡。

顺子妈轻轻闩上房门。姚有多已经上床。

顺子妈吹了灯，借着月光，背过身来解纽扣⋯⋯

薛大娘

薛大娘是卖菜的。

她住在螺蛳坝南面，占地相当大，房屋也宽敞，她的房子有点特别，正面、东面两边各有三间低低的瓦房，三处房子各自独立，不相连通。没有围墙，也没有院门，老远就能看见。

正屋朝南，后枕臭河边的河水。河水是死水，但并不臭；当初不知怎么起了这么一个地名。有时雨水多，打通螺蛳坝到越塘之间的淤塞的旧河，就成了活水。正屋当中是"堂屋"，

272

挂着一轴"家神菩萨"的画。这是逢年过节磕头烧香的地方，也是一家人吃饭的地方。正屋一侧是薛大娘的儿子大龙的卧室，另一侧是贮藏室，放着水桶、粪桶、扁担、勺子、菜种、草灰。正屋之南是一片菜园，种了不少菜。因为土好，用水方便——下河坎就能装满一担水，菜长得很好。每天上午，从路边经过，总可以看到大龙洗菜、浇水、浇粪。他把两桶稀粪水用一个长柄的木勺子扇面似的均匀地洒开。太阳照着粪水，闪着金光，让人感到：这又是新的一天了。菜园的一边种了一畦韭菜，垄了一畦葱，还有几架宽扁豆。韭菜、葱是自家吃的，扁豆则是种了好玩的。紫色的扁豆花一串一串的，很好看。种菜给了大龙一种快乐。他二十岁了，腰腿矫健，还没有结婚。

薛大娘的丈夫是个裁缝，人很老实，整天没有几句话。他住东边的三间，带着两个徒弟裁、剪、缝、连、锁边、打纽子。晚上就睡在这里。他在房事上不大行。西医说他"性功能不全"，有个江湖郎中说他"只能生子，不能取乐"。他在这上头也就看得很淡，不大有什么欲望。他很少向薛大娘提出要求，薛大娘也不勉强他。自从生了大龙，两口子就不大同房，实际上是分开过了。但也是和和睦睦的，没有听到过他们吵架。

薛大娘自住在西边三间里。

她卖菜。

每天一早，大龙把青菜起出来，削去泥根，在两边扁圆

273

的菜筐里码好，在臭河边的水里濯洗干净，薛大娘就担了两筐菜，大步流星地上市了。她的菜筐多半歇在保全药店的廊檐下。

说不准薛大娘的年龄。按说总该过四十了，她的儿子都二十岁了嘛。但是看不出。她个子高高的，腰腿灵活，眼睛亮灼灼的。引人注意的是她一对奶子，尖尖耸耸的，在蓝布衫后面顶着。还不像一个有二十岁的儿子的人。没有人议论过薛大娘好看还是不好看，但是她眉宇间有点英气，算得上是个一丈青。

她的菜肥嫩水足，很快就卖完了。卖完了菜，在保全堂店堂里坐坐，从茶壶焐子里倒一杯热茶，跟药店的"同事"说说话。然后上街买点零碎东西，回家做饭。她和丈夫虽然分开过，但并未分灶，饭还在一处吃。

薛大娘有个"副业"，给青年男女拉关系——拉皮条。附近几条街上有一些"小莲子"——本地把年轻的女用人叫作"小莲子"，她们都是十六七、十七八，都是从农村来的。这些农村姑娘到了这个不大的县城里，就觉得这是花花世界。她们的衣装打扮变了。比如，上衣掐了腰，合身抱体，这在农村里是没有的。她们也学会了搽脂抹粉。连走路的样子都变了，走起来扭扭搭搭的。不少小莲子认了薛大娘当干妈。

街上有一些风流潇洒的年轻人，本地叫作"油儿"。这些油儿的眼睛总在小莲子身上转。有时跟在后面，自言自语，说一些调情的疯话："花开花谢年年有，人过青春不再来"；"易求无价宝，难得有情郎"。小莲子大都脸色矜持，不理他。跟的次数多了，不免从眼角瞟几眼，觉得这人还不讨厌，慢慢地就能说说话了。油儿问小莲子是哪个乡的人，多大了，家里还有谁。小莲子都小声回答了他。

油儿倒觉得小莲子对他有意思了，就找到薛大娘，求她把小莲子弄到她家里来会会。薛大娘的三间屋就成了"台基"——本地把提供男女欢会的地方叫作"台基"。小莲子来了，薛大娘说："你们好好谈吧。"就把门带上，从外面反锁了。她到熟人家坐半天，有一搭无一搭地聊聊，估计时间差不多了才回来开锁推门。她问小莲子："好吗？"小莲子满脸通红，低了头，小声说："好。"——"好，以后常来。不要叫主家发现，扯个谎，就说在街上碰到了舅舅，陪他买了会儿东西。"

欢会一次，油儿总要丢下一点钱，给小莲子，也包括给大娘的酬谢。钱一般不递到小莲子手上，由大娘分配。钱多钱少，并无定例。但大体上有个"时价"。臭河边还有另一处"台基"，大娘姓苗。苗大娘是要开价的。有一次，一个油儿找一个小莲子，苗大娘索价两元。她对这两元钱做了合理的分配，对小莲子说："枕头五毛炕五毛，大娘五毛你五毛。"

薛大娘拉皮条，有人有议论。薛大娘说："他们一个有情，一个愿意，我只是拉拉纤，这是积德的事，有什么不好？"

薛大娘每天到保全堂来，和保全堂上上下下都很熟。保全堂的东家有一点特别，他的店里都不用本地人，从上到下：管事（经理）、"同事"（本地把店员叫"同事"）、"刀上"（切药的）乃至挑水做饭的，全都是淮安人。这些淮安人一年有一个月假期。轮流回去，做传宗接代的事，其余十一个月吃住都在店里。他们一年要打十一个月的光棍。谁什么时候回家，什么时候假满回店，薛大娘都了如指掌。她对他们很同情，有心给他们拉拉纤，找两个干女儿和他们认识，但是办不到。这些"同事"全都是拉家带口，没有余钱可以做一点风流事。

保全堂调进一个新管事——老管事刘先生因病去世了，是从万全堂调过来的。保全堂、万全堂是一个东家。新管事姓吕，街上人都称之为吕先生，上了年纪的则称之为"吕三"——他行三，原是万全堂的"头柜"，因为人很忠诚可靠，也精明能干，被东家看中，调过来了。按规矩，当了管事，就有"身股"，或称"人股"，算是股东之一，年底可以分红，因此管事都很用心尽职。

也是缘分，薛大娘看到吕三，打心里喜欢他。吕三已经是管事了，但岁数并不大，才三十多岁。这样年轻就当了管事的，少有。管事大都是"板板六十四"的老头，"同事"、学生意的"相公"都对管事有点害怕。吕先生可不是这样，和

276

店里的"同仁"、来闲坐喝茶的街邻全都有说有笑，而且他的话都很有趣。薛大娘爱听他说话，爱跟他说话，见了他就眉开眼笑。薛大娘对吕先生的喜爱毫不遮掩。她心里好像开了一朵花。

吕三也像药店的"同事""刀上"，每年回家一次，平常住在店里。他一个人住在后柜的单间里。后柜里除了现金、账簿，还有一些贵重的药：犀牛角、鹿茸、高丽参、藏红花……

吕先生离开万全堂到保全堂来了，他还是万全堂的老人，有时有事要和万全堂的管事老苏先生商量商量，请教请教。从保全堂到万全堂，要经过臭河边，薛大娘的家。有时他们就做伴一起走。

有一次，薛大娘到了家门口，对吕三说："你下午上我这儿来一趟。"

吕先生从万全堂办完事回来，到了薛家，薛大娘一把把他拉进了屋里。进了屋，薛大娘就解开上衣，让吕三摸她的奶子。随即把浑身衣服都脱了，对吕三说："来！"

她问吕三："快活吗？"——"快活。"——"那就弄吧，痛痛快快地弄！"薛大娘的儿子已经二十岁，但是她好像第一次真正做了女人。

好事不出门，坏事传千里，薛大娘和吕三的事渐渐被人察觉，议论纷纷。薛大娘的老姊妹劝她不要再"偷"吕三，说："你图个什么呢？"

"不图什么，我喜欢他。他一年打十一个月光棍，我让他快活快活——我也快活，这有什么不对？有什么不好？谁爱嚼舌头，让她们嚼去吧！"

薛大娘不爱穿鞋袜，除了下雪天，她都是赤脚穿草鞋，十个脚趾舒舒展展，无拘无束。她的脚总是洗得很干净。这是一双健康的，因而是很美的脚。

薛大娘身心都很健康。她的性格没有被扭曲、被压抑，舒舒展展，无拘无束。这是一个彻底解放的、自由的人。

狗八蛋

他的一个显著的特点是背头梳得倍儿光。长脸，高鼻梁，高脑门，一丝不乱的大背头。六十岁的人梳这样的背头的，很少见。

他在剧院练功厅大门看传达室。

原来是打小锣的。他没有坐过科，打小锣是在票房里学的。他本是一个银行的小职员，爱听戏，玩票。票友一般是唱，拉，也有打鼓的，像他这样专打小锣的，少。后来就干脆拜师搭班下海了。打了三十多年的小锣。后来，上了岁数，反应迟钝，"小锣水底鱼""小锣凤点头"，打得拖泥带水，不能再在台上做活了。人事处找他谈了话，让他来看传达室，他同意，说："行！我不用再伺候孙子们了！"戏班里有个规矩，打小锣的要负责摆乐器，要把单皮鼓、大锣、小锣、铙钹、堂鼓按规定位置摆好，并要把鼓师的椅垫盖在单皮鼓上，琴师的椅垫盖在堂鼓上。他觉得低人一等，凭什么这种事要打小锣的干？这是戏班的规矩，既然搭班下海了，就得依这个规矩。但是他摆乐器的时候心里总是挺别扭。别扭了三十多年。离开舞台，也好，不用伺候孙子们了。工资照旧，钱不少拿。看传达室，轻省。

一天没有什么事。

喝茶，看报。

掸衣裳。他爱干净。屋里挂着一个布掸子，没事就摘下来，浑身上下，噼噼啪啪打一气儿。一天要抽两三回。

一天的大事是吃中午饭。他的中午饭吃得很有谱。传达室有一张炕桌，他到十二点就搬到屋外树荫里，后面放一张小板凳，铺好一块雪白的桌布，打开一个大号铝饭盒。饭盒里装的是烤馒头片，或两个芝麻烧饼，煎带鱼或卤煮花干，咸鸭蛋。一定得有凉拌菜，拍黄瓜或拍小萝卜。他特爱吃拍小萝卜。什么作料也不放，他说放了作料就吃不出本味，吃不出清香。另外，他每天必要用一个小塑料袋带半袋白糖来："我每顿饭要吃二两白糖。"说时微晃着脑袋，好像这是什么高人一等、值得骄傲的事。

　　看传达室的职责是：一、有人来找人，到练功厅叫一叫；二、有电话找人，去喊一喊。他把这两项职责都简化了，只有找院领导、导演、名演员的，他才慢条斯理地走到后面，嚷一嗓子："×××，有人找！"他对谁都是直呼其名，不带称谓。有找一般演员、乐队的，他坐着不动："自己找去！"电话，照例不传。电话铃响了，他拿起听筒："喂！"——"劳您驾，叫一叫×××。"他照例说："不在。"随即把电话挂了。有一天有人打电话来，他拿起听筒："喂！"——"劳您驾，叫一叫×××。"——"不在。"——"他在，在，在。他刚跟我打的电话，叫我五分钟以后给他打电话。他在西练功厅，劳驾，叫叫他。劳驾劳驾！"——"不信，你来看看！"

　　他接这个电话时有一个武戏演员杨铁麟在旁边，气得他恨不得能给他一个嘴巴。

　　杨铁麟觉得他比王八蛋还要可恨，给他起了个外号：狗八蛋。

祁茂顺

祁茂顺在午门历史博物馆蹬三轮车。

他原先不是蹬车的，他有手艺：糊烧活，裱糊顶棚。

单件的烧活，接三轿马，一个人鼓捣一天，就能完活。祁茂顺在家里糊烧活。他家的门敞着，为的是做活有地方，也才豁亮。他在糊烧活的时候，总有一堆孩子围着看。糊得了，就在门外放着：一匹高头大白马——跟真马一样大，金鞍玉辔紫丝缰，拉着一辆花轱辘轿子车，蓝车帷，紫红软帘，软帘贴着金纸的团寿字。不但是孩子，就是路过的大人也要停步看看，而且连声赞叹："地道！祁茂顺心细手巧！"

如果是成堂的大活：三进大厅、亭台楼阁、花园假山……一个人忙不过来，就得约两三个同行一块干。订烧活的规矩，事前不付定钱，由承活的先凑出一份钱垫着，好买色纸、秫秸、金粉、银粉、鳔胶、糨糊。交活的时候再收钱。早先订烧活，都是老式的房屋家具，后来有要糊洋房的，要糊小汽车、摩托车、收音机、电风扇的……人家要什么，他们都能糊出来。后来订烧活的越来越少了，都兴火葬了。谁家还会弄一堂"车船轿马"拉到八宝山去？

祁茂顺主要的活就剩下裱糊顶棚了。后来糊顶棚的活也少了。北京的平房讲究"灰顶花砖地"，纸糊的顶棚很少见了——容易坏，而且招蟑螂，招耗子。钢筋水泥的楼房更没有谁家糊个纸顶棚的。

祁茂顺只好改行。

午门历史博物馆原来编制很小，没有几个职员，不知道为什么，却给馆长配备了一辆三轮车，用以代步。经人介绍，祁茂顺到历史博物馆来蹬三轮车。馆长姓韩。祁茂顺每天一早蹬车接韩馆长上班，中午送他回家吃饭，下午再接他到馆里，下班送他回家。韩馆长是个方正守法的人，除了上下班，到什么地方开会，平常不为私人的事用车，因此祁茂顺的工作很轻松。

祁茂顺很爱护这辆三轮车，总是擦洗得干干净净的。晚上把车蹬回家，锁上，不许院里的孩子蹬着玩。

不过街坊邻居有事求他，他总是有求必应的。

隔壁陈大妈来找祁茂顺。

"茂顺大哥，你大兄弟病了，高烧不退，想麻烦您送他上一趟医院，不知您的车这会儿得空不得空？"

"没事，交给我了！"

祁茂顺把病人送到医院。挂号、陪病人打针、领药，他全都包了。

祁茂顺人缘很好。

离祁茂顺家不远，住着一家姓金的。他是旗人皇室宗亲，是"世袭罔替"的贝勒，行四。旗人见面时还称他为"四贝勒"，街坊则称之为"金四爷"。辛亥革命后，旗人再也不能吃皇粮了。旗人不置产业，不会种地，不会经商，不会手艺，坐吃山空，日渐穷困。"四贝勒"怎么生活呢？幸好他的古文底子好，又学过中医，协和医学院典籍教研知道他，特约他校点中医典籍，这样他就有了稳定的收入，吃麻酱面没有问题。他过过豪华的日子，再也不能摆贝勒爷的谱，有麻酱面也就知足——不过他吃一碟水疙瘩咸菜还得切得像头发丝那么细。

他中年丧偶，无儿无女，只有一个侄女帮他做做饭，洗洗衣裳。

贝勒府原是很大的四合院，后来大部分都卖给同仁堂乐家

284

当了堆放药材的楼房，只保留了三间北房。

三间北房，两个人，也够住了。

金四爷还保留一些贝勒的习惯。他不爱"灰顶花砖地"，爱脚踩方砖，头上是纸顶棚，"四白落地"。

上个月下雨，顶棚漏湿了，垮下了一大片。金四爷找到了祁茂顺，说：

"茂顺，你给我把顶棚裱糊一下。"

祁茂顺说："行！星期天。"

祁茂顺星期天一早就来了，带了他的全套工具：棕刷子，棕笤帚，一盆稀稀的糨子，一大沓大白纸。这大白纸是纸铺里切好的，四方的，每一张都一样大小，不是要用时现裁。

金四爷看着祁茂顺做活。

只见他用棕刷子在大白纸上噌噌两刷子，轻轻拈起来，用棕笤帚托着，腕子一使劲，大白纸就"吊"上了顶棚。棕笤帚抹两下，大白纸就在顶棚上待住了。一张一张大白纸压着韭菜叶宽的边，平平展展、方方正正、整整齐齐。拐弯抹角用的纸也都用眼睛量好了的，不宽不窄，正合适，棕笤帚一抹，连一点褶子都没有。而且，用的大白纸正好够数，不多一张，不少一张。连浆子都正好使完，没有一点糟践。金四爷看着祁茂顺的"表演"，看得傻了，说："茂顺，你这两下子真不简单，眼睛、手里怎么能有那么准？"

"也就是个熟。"

"没有个三年五载，到不了这功夫！"

"那倒是。"

金四爷给祁茂顺倒了一杯沏了两开的热茶，祁茂顺尝了一口："好茶！还是叶和元的双熏香片？"

"喝惯了。"

祁茂顺告辞。

"茂顺，别走，咱们到大酒缸喝两个去（大酒缸用的都是豆绿酒碗，一碗二两，叫作'一个'）。"

"大酒缸？现在上哪儿找大酒缸去？"

"八面槽不就有一家吗？他们的酥鱼做得好。"

"金四爷，您这可真是老皇历了！八面槽大酒缸早都没了。现在那儿改了门脸儿，卖手表照相机。酥鱼？可着北京，现在大概都找不出一碟酥鱼！"

"大酒缸没有了？"

"没有啰！"

金四爷喝着茶，连说了几句：

"大酒缸没有了。大酒缸没有了。"

很难说得清他的话是什么意思。

子孙万代

　　傅玉涛是"写字"的。"写字"就是给剧场写海报，给戏班抄本子。抄"总讲"（全剧），抄"单提"（分发给演员的，只有该演员所演角色的单独唱词）。他的字写得不错，"欧底赵面"。时不常，有人求他写一个单条，写一个扇面。后来，海报改成了彩印的，剧本大都油印了或打字了，他就到剧场卖票。日子还算混得过去。

　　他有个癖好，爱收藏小文物。他有一面葡萄海马镜，一个"长乐未央"瓦当，一块藕粉地鸡血石章，一块"都陵坑"田黄，一对赵子玉的蛐蛐罐，十几把扇子。齐白石、陈衡恪、姚茫父、王梦白、金北楼、王雪涛。最名贵的是一把吴昌硕画的，画的是枇杷，题句是"鸟疑金弹不敢啄"。他不养花，不养鸟，没事就是反反复复地欣赏他的藏品。这些小文物大都是花不多的钱从打小鼓的小赵手里买的。小赵和他是街坊，收到什么东西愿意让傅玉涛过过眼，小赵佩服傅玉涛，认为他懂行。傅玉涛也确实帮小赵鉴定过一些字画、瓷器，使小赵卖了一个好价钱。

一天，小赵拿了一对核桃，请傅玉涛看看，能不能卖个块儿八毛的。傅玉涛接过来一看，用手掂了掂两颗核桃，说："哎呀，这可是好东西！两颗核桃的大小、分量、形状，完全一样，是天生的一对。这是'子孙万代'呀！"

"什么叫'子孙万代'？"

"这你都不懂，亏你还是打小鼓的呢！你看，这核桃的疙瘩都是一个一个小葫芦。这就叫'子孙万代'。这是真的'子孙万代'。"

"'子孙万代'还有真假之分？"

"真的葫芦是生成的，假'子孙万代'动过刀，有的葫芦是刻出来的。这对核桃可够年份了。大概已经经过两代人的手。没有个几十年，揉不出这样。你看看这颜色：红里透紫，紫里透红，晶莹发亮，乍一看，像是外面有一层水。这种

288

色，是人的血气透进核桃所形成。好东西！好东西！——让给我吧！"

"傅先生喜欢，拿去玩吧。"

"得说个价。"

"喀，说什么价，我一毛钱收来的。"

"那，这么着吧，我给两块钱，算是占了你的大便宜了。"

"傅先生，您这是干什么！咱们都是老街坊，我受过你的好处，一对核桃还过不着吗？"

傅玉涛掏出两块钱，塞进小赵的口袋。

"傅先生！傅先生！唉，这是怎么话说的！"

傅玉涛对这一对核桃真是爱如性命，他做了两个平绒小口袋，把两颗核桃分别装在里面，随身带着。一有空，就取出来看看，轻轻地揉两下，不多揉。这对核桃正是好时候，再多揉，就揉过了，那些小葫芦就会圆了，模糊了。

"文化大革命"。

红卫兵到傅玉涛家来"破四旧"，把他的小文物装进一个麻袋，呼啸而去。

"四人帮"垮台。

傅玉涛不再收藏文物，但是他还是爱逛地摊，逛古玩店。有时他想也许能遇到这对核桃。随即觉得这想法很可笑。十年浩劫，多少重要文物都毁了，这对核桃还能存在人间吗？

289

一天，他经过缸瓦市一个小古玩店，进去看了看。一看，他的眼睛亮了：他的那对核桃！核桃放在一个玛瑙碟子里。他掏出放大镜，隔着橱柜的玻璃细细地看看：没错！这对核桃他看的次数太多了，核桃上有多少个小葫芦他都数得出来。他问售货员："这对核桃是什么人卖的？"——"保密。"——"原先核桃有两个平绒小口袋装着的。"——"有。扔了。——你怎么知道？"——"小口袋是我缝的。"——"？"傅玉涛看了看标价：外汇券250。这时进来了一个老外。老外东看看，西看看，看见了这对核桃。

　　"这是什么？"

　　售货员："核桃。"

　　"玉的？"

　　"不是玉的，就是核桃。"

　　"那为什么卖那么贵？"

　　售货员请傅玉涛给老外解释解释。

　　傅玉涛说："这不是普通的核桃，是山核桃。"

　　"山核桃？"

　　"这种核桃不是吃的，是揉的。"

　　"揉的？"

　　傅玉涛叫售货员把玻璃柜打开。傅玉涛把两颗核桃拿在手里，熟练地揉了几圈。

　　"这样。"

"揉，有什么好处？"

"舒筋活血。"

"舒，筋，活，血？"

"你看这核桃的色，红里透紫，紫里透红，这是人的血气透进了核桃。"

"血——气？"

"把核桃揉成这样，得好几十年。"

"好几十年？"

"两代人。"

"两代人，揉一对核桃？"

"Yes！"

"这对核桃，有一个名堂，叫'子孙万代'。"

"子孙万代？"

"您看这一个一个小疙瘩，都是小葫芦。"傅玉涛把放大镜给老外，老外使劲地看。

"是雕刻的？"

"No，是天生的。"

"天生的？噢，上帝！"

"这样的核桃，全中国，您找不出第二对。"

"我买了！"

老外付了钱，对傅玉涛说："Thank You——谢谢你。"

老外拿了这对"子孙万代"核桃，一路上嘟哝：

"子，孙，万，代！子孙万代！"

　　傅玉涛回家，炒了一个麻豆腐，喝了二两酒，用筷子敲着
碗边唱了一句西皮慢三眼：

　　"我好比笼中鸟有翅难展……"

捡烂纸的老头

烤肉刘早就不卖烤肉了，不过虎坊桥一带的人都还叫它烤肉刘。这是一家平民化的回民馆子，地方不小，东西实惠，卖大锅菜：炒辣豆腐、炒豆角、炒蒜苗、炒洋白菜，比较贵一点的是黄焖羊肉，也就是块儿来钱一小碗，在后面做得了，用脸盆端出来，倒在几个深深的铁罐里，下面用微火煨着，倒总是温和的。有时也卖小勺炒菜：大葱炮羊肉、干炸丸子、它似蜜……主食有米饭、馒头、芝麻烧饼、螺丝转；卖面条，浇

293

炸酱、浇卤。夏天卖麻酱面。卖馅儿饼。烙饼的炉紧贴着门脸儿，一进门就听到饼铛里的油吱吱喳喳地响，饼香扑鼻，很诱人。

　　烤肉刘的买卖不错，一到饭口，尤其是中午，人总是满的。附近有几个小工厂，厂里没有食堂，烤肉刘就是他们的食堂。工人们都在壮年，能吃，馅饼至少得来五个（半斤），一瓶啤酒，二两白的。女工们则多半是拿一个饭盒来，买馅饼，或炒豆腐、花卷，带到车间里去吃。有一些退休的职工，不爱吃家里的饭，爱上烤肉刘来吃"野食"，爱吃什么要点儿什么。有一个文质彬彬的主儿，原来当会计，他每天都到烤肉刘这儿来。他和家里人说定，每天两块钱的"挑费"都扔在这儿。有一个煤站的副经理，现在也还参加劳动，手指甲缝都是黑的。他在烤肉刘吃了十来年了。他来了，没座位，服务员即刻从后面把他们自己坐的凳子搬出一张来，把他安排在一个旮旯里。有炮肉，他总是来一盘炮肉，仨烧饼，二两酒。给他炮的这一盘肉，够别人的两盘，因为烤肉刘指着他保证用煤。这些，都是老主顾。还有一些流动客人，有东北的，山西的，保定的，石家庄的。大包小包，五颜六色，男人用手指甲剔牙，女人敞开怀喂奶。

　　有一个人是每天必到的，午晚两餐，都在这里。这条街上的人都认识他，是个捡烂纸的。他穿得很破烂，总是一件油乎乎的烂棉袄，腰里系一根烂麻绳，没有衬衣。脸上说不清是什么颜色，好像是浅黄的。说不清有多大岁数，六十岁？七十岁？一嘴牙七长八短，残缺不全。你吃点儿软和的花卷、面条，不好吗？不，他总是要三个烧饼，歪着脑袋努力地啃噬。烧饼吃完，站起身子，找一个别人用过的碗（他可不在乎这个），自言自语："跟他们寻一口面汤。"喝了面汤："回见。"没人理他，因为不知道他是向谁说的。

一天，他和几个小伙子一桌，一个小伙子看了他一眼，跟同伴小声说了句什么。他多了心："你说谁哪？"小伙子没有理他，他放下烧饼，跑到店堂当间："出来！出来！"这是要打架。北京人过去打架，都到当街去打，不在店铺里打，免得损坏人家的东西搅了人家的买卖。"出来！出来！"是叫阵，没人劝。压根儿就没人注意他。打架？这么个糟老头子？这老头可真是糟，从里糟到外。这几个小伙子，随便哪一个，出去一拳准把他揍趴下。小伙子们看看他，不理他。

这么个糟老头子想打架，是真的吗？他会打架吗？年轻的时候打过架吗？看样子，他没打过架，他哪里是耍胳膊的人哪！他这是干什么？虚张声势？也说不上，无声势可言。没有人把他当一回事。

没人理他，他悻悻地回到座位上，把没吃完的烧饼很费劲地啃完了。情绪已经平复下来——本来也没有多大情绪。"跟他们寻口汤去。"喝了两口面汤："回见！"

有几天没看见捡烂纸的老头了，听煤站的副经理说，他死了。死后，在他的破席子底下发现了八千多块钱，一沓一沓，用麻筋捆得很整齐。

他攒下这些钱干什么？

瞎　鸟

　　经常到玉渊潭遛鸟——遛画眉的，有这几位：

　　老秦、老葛。他们固定的地点在东堤根底下。堤下有几棵杨树，可以挂鸟。有几个树墩子，可以坐坐。一边是苗圃，空气好。一边是一片杂草，开着浅蓝色的、金黄色的野花。他们选中这地方，是因为可以在草丛里捉到喂鸟的活食——蛐蛐、油葫芦。老葛说："鸟到了我们手里，就算它有造化！"老葛来得早，走得也早，他还不到退休年龄，赶八点钟还得回去上班。老秦已经"退"了，可以晚一点走。他有个孙子，他来遛鸟，孙子说："爷爷，你去遛鸟，给我逮俩玩意儿。"老秦每天都要捉一两个挂大扁、知了。实在没有，至少也得逮一个"老道"——一种黄蝴蝶。他把这些玩意儿放在一个旧窗纱做的小笼里。老秦、老葛都是只带一只画眉来。

堤面上的一位，每天蹬了自备的小三轮车来。他这三轮真是招眼：坐垫、靠背都是玫瑰红平绒的，车上的零件锃亮。他每天带四个鸟笼，挂在柳树上。他自己就坐在车上跷着二郎腿，抽烟，看报，看人——看穿了游泳衣的女学生。他的鸟叫得不怎么样，可是鸟笼真讲究，一色是紫漆的，洋金大抓钩。鸟食罐都是成堂的，绣墩式的、鱼缸式的、腰鼓式的；粉彩是粉彩，斗彩是斗彩，釉红彩是釉红彩，巴儿狗、金鱼、公鸡。

南岸是鸟友们会鸟的地方。湖边有几十棵大洋槐树，树下一片小空场，空场有石桌、石凳。几十笼画眉挂在一起，叫成一片。鸟友们都认识，挂了鸟，就互相聊天。其中最活跃的有两位，一个叫小庞，真实年龄也不小了，不过人长得少相。一个叫陈大吹，同为爱吹。小庞逗他，他就打开了话匣子。陈大吹是个鸟油子。他养的鸟很多，每天用自行车载了八只来，轮流换。他不但对玉渊潭的画眉一只一只了如指掌，哪只有多少"口"，哪只的眉子齐不齐，体肥还是体瘦，头大还是头小，哪只从谁手里买的，花了多少钱，一清二楚。就是别处有什么出了名的鸟，天坛城根的、月坛公园的、龙潭湖的，他也能说出子午卯酉。大家爱跟他近乎，还因为他每天带了装水的壶来。一个三磅热水瓶那样大的浅黄色的硬塑料瓶，有个很严实的盖子，盖子上有一个弯头的管子，攥着壶，手一仄歪，就能给水罐里加上水，极其方便。他提溜着这个壶，看谁笼里水罐里水浅了，就给加点。他还有个脾气，爱和别人换鸟。养鸟的有这个规矩，你看上我的鸟，我看上你的了，咱俩就可以换。有的愿意贴点钱：一张（拾元）、两张、三张。说好了，马上就掏钱。随即开笼换鸟。一言为定，永不反悔。

老王，七十多岁了，原来是勤行——厨子，他养了一只画眉。他不大懂鸟，不知怎么误打误撞地叫他买到了这只鸟。这只画眉，官称"鸟王"。不但口全——能叫"十三套"，而且非常响亮，一摘开笼罩，往树上一挂，一张嘴，叫起来没完。他每天先到东岸堤根下挂一挂，然后转到南岸。他把鸟往槐树杈上一挂，几十笼画眉渐渐都停下来了，就听它一个"人"一套一套地叫。真是"一鸟入林，众鸟压声"。老王是个穷养鸟的，他的这个鸟笼实在不怎样，抓钩发黑，笼罩是一条旧裤子改的，蓝不蓝白不白，而且泡泡囊囊的，和笼子不合体。他后来又托陈大吹买了一只生鸟，和鸟王待在一起，希望能把这只生鸟"压"[1]出来。

还有一个每天来遛鸟的，叫"大裤裆"。他夏天总穿着

---

① 让生鸟向善叫的鸟学习鸣叫。

一条齐膝的大裤衩，裤裆特大。"大裤衩"独来独往，很少跟人过话。他骑车来，带四笼画眉。他爱让画眉洗澡，东堤根下有一条小沟，通向玉渊潭里湖，是为了苗圃浇水掘开的。水很浅，但很清。他把笼子放在沟底，画眉就抖开翅膀洗一阵。然后挂在杨树枝上过风，挨老王的鸟不远。他提出要用一只画眉和老王的生鸟换。老王随口说了句"换就换！""大裤衩"开了笼门就把两只鸟换了。

　　老王提了两只鸟笼遛几天，他有点纳闷：怎么"大裤衩"的这只鸟一声也不叫唤呀？他提到南岸槐树林里让大家看看。会鸟的鸟友们围过来左端详右端详。嗯？这是怎么回事？陈大吹过来看了一会儿，隔着笼子，用手在画眉面前挥了几下，画眉一点反应也没有。陈大吹说："你这鸟是个瞎子！"老王一跺脚："哎哟，我上了他的当了！"陈大吹问："你是跟谁换的？"——"大裤衩！"——"你怎么跟他换了？"——"他说'咱俩换换'，我随便说了句'换就换'！"鸟友们都很气愤。有人说："跟他换回来！"但是，没这个规矩。

　　"大裤衩"骑车过南岸，陈大吹截住了他："你可缺了大德了！你怎么拿一只瞎鸟跟老王换？人家一个孤老头子，养活两只鸟，不容易！你这不是坑人吗？""大裤衩"振振有词："你管得着吗？——这只鸟在我手里的时候不瞎！"这是死无对证的事。你说它本来就瞎，你看见了吗？"大裤衩"登上车，疾驶而去。众鸟友议论一阵，也就散开了。

鸟友们还是每天会鸟，陈大吹还是神吹，老秦、老葛在草丛抓活食，堤面上蹬玫瑰红三轮车的主儿还是抽烟，看报，看穿了游泳衣的女学生。

老王每天提了一只鸟王、一只瞎鸟，沿湖堤遛一圈。

这以后，很少看见"大裤裆"到玉渊潭来了。

在喧嚣的世界里，

坚持以匠人心态认认真真打磨每一本书，

坚持为读者提供，

有用、有趣、有品位、有价值的阅读。

愿我们在阅读中相知相遇，在阅读中成长蜕变！

好读，只为优质阅读。

名士与狐仙

策划出品：好读文化　　　　装帧设计：所以设计馆

监　　制：姚常伟　　　　　内文制作：鸣阅空间

产品经理：罗　元　　　　　责任编辑：卓挺亚

特约编辑：张　翠

图书在版编目（CIP）数据

名士和狐仙：汪曾祺小说精选 / 汪曾祺著. —杭
州：浙江人民出版社，2023.6
ISBN 978-7-213-10996-6

Ⅰ. 名… Ⅱ. ①汪… Ⅲ. ①短篇小说—小说集—中
国—当代 Ⅳ. ① I247.7

中国国家版本馆CIP数据核字（2023）第041112号

名士和狐仙：汪曾祺小说精选
MINGSHI HE HUXIAN: WANGZENGQI XIAOSHUO JINGXUAN
汪曾祺　著

出版发行	浙江人民出版社（杭州市体育场路347号　邮编　310006）
责任编辑	卓挺亚
责任校对	何培玉
封面设计	所以设计馆
电脑制版	鸣阅空间
印　　刷	三河市嘉科万达彩色印刷有限公司
开　　本	880毫米 × 1230毫米　1/32
印　　张	9.75
字　　数	185千字
版　　次	2023年6月第1版
印　　次	2023年6月第1次印刷
标准书号	ISBN 978-7-213-10996-6
定　　价	58.00元

如发现印装质量问题，影响阅读，请与市场部联系调换。
电话：010－82069336